## 其他世界

Edwin A. Abbott (1838—1926)

Flatland: A Romance of Many Dimensions

（双语版）

# 平面国：

## 一部多维的罗曼史

Edwin A. Abbott 著 / 涂泓 译 / 冯承天 译校

高等教育出版社·北京

*"O day and night, but this is wondrous strange"*

# FLATLAND

## A ROMANCE OF MANY DIMENSIONS

*By* A Square

(Edwin A. Abbott)

No Dimensions
POINTLAND

One Dimension
LINELAND

Two Dimensions
FLATLAND

Three Dimensions
SPACELAND

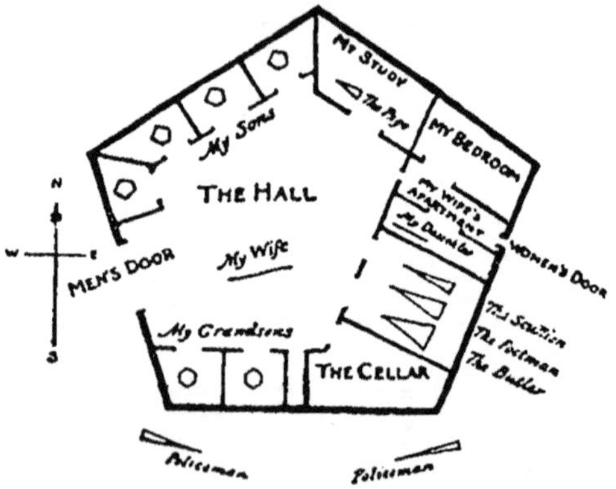


*" And therefore as a stranger give it welcome."*

献给

空间中的全体居民，

特别是H. C.。

这部作品是由一个卑微的平面国土著敬献的。

虽然他先前只熟谙二维，

但他也开始初步了解三维的奥秘，

因此他希望，

这个天体世界里的公民

还更加志存高远，

渴望四维、五维乃至六维的秘密，

从而促成想象力得到扩展，

并且有可能

在立体形人类的优秀种族中

发展出

最罕见、最优秀的谦逊天赋。

To

The Inhabitants of Space in General

And H. C. in Particular

This Work is Dedicated

By a Humble Native of Flatland

In the Hope that

Even as he was Initiated into the Mysteries

Of Three Dimensions

Having been previously conversant

With Only Two

So the Citizens of that Celestial Region

May aspire yet higher and higher

To the Secrets of Four Five or even Six Dimensions

Thereby contributing

To the Enlargement of the Imagination

And the possible Development

Of that most rare and excellent Gift of Modesty

Among the Superior Races

Of Solid Humanity

# 译者的话

涂泓　冯承天　2021年夏

这是《平面国》的一个新译本，并刊印了其原文。

在中译本中，读者能随着《平面国》的主角——一位生活于二维世界中的正方形——领略到平面国中的种种风土人情，并随着他去往一维王国与三维宇宙；在刊印的原文中，读者能原汁原味地阅读和欣赏“一部多维的罗曼史”。

作者艾勃特（Edwin Abbott Abbott，1838—1926）是英国的一位中学校长、神学家，又是英国圣公会的一位牧师。1884年，他用笔名“一个正方形”出版了这本奇异又令人陶醉的、具有讽刺色彩的中篇小说。

一百三十多年来，这本描述不同空间维度的奇书经久不衰，一版再版+，还有多部电影和动画片以此为主题。这不仅是因为作者在书中入木三分地抨击了19世纪英国维多利亚时期的各种社会弊端，更是因为这部数学幻想小说

+　近期的英语版《平面国》有：1991年的Princeton University Press版、1992年的Dover Publications版、1998年的Penguin Classics版、2002年的Perseus版、2006年的Oxford University Press版、2015年的Chiron Academic Press版，2018年的Bibliotech Press版，2019年的Warbler Classics版，等等。

为引领一代又一代的学子进入高维数学的殿堂做出了贡献。这是《平面国》历久而弥新的更深层次原因。

公元前300多年，古希腊的欧几里得(Euclid，约前330—前275)集古代数学家对“形”的研究之大成，撰写了《几何原本》(*Elements*)这一巨著。欧几里得几何的支柱是它的第五公设:在同一平面中，过直线外的一点，可以并且只可以作一条直线与该直线平行。在随后的两千年中，许多数学家都试图从欧氏几何的其他公设来推出这条平行公理，但都失败了。数学王子——德国数学家高斯(Carl Friedrich Gauss，1777—1855)率先对第五公设的绝对性提出了质疑。匈牙利数学家鲍耶(János Bolyai，1802—1860)在1824年、俄国数学家罗巴切夫斯基(Nikolay Ivanovich Lobachevsky，1792—1856)在1829年分别独立地创建了双曲几何，在其中代替第五公设的是:过直线外一点，存在不止一条平行线与该直线平行。非欧几何诞生了。尽管这种几何是自洽的，但由于它的离经叛道，当初并不为数学家们广为接受。

* 例如:

1. Donal O'shea, *The Poincaré Conjecture, In Search of the Shape of the Universe*.中译本《庞加莱猜想》由湖南科学技术出版社出版，孙维昆译。
2. John Derbyshire, *Unknown Quantity, A Real and Imaginary History of Algebra*. 中译本《代数的历史:人类对未知量的不舍追踪》由人民邮电出版社出版，张浩译。
3. Alfred S. Posamentier and Christian Spreitzer, *Math Makers : The Lives and Works of 50 Famous Mathematicians*。中译本《数学巨擘——50位著名数学家的人生与研究》将由人民邮电出版社出版，涂泓、冯承天译。

高斯的学生、德国数学家黎曼(Georg Bernhard Riemann, 1826—1866)在1854年掀起了一场更大的几何学革命。那一年的6月10日，黎曼在哥廷根大学的教授资格演讲中做了划时代的报告“关于建立在几何基础上的假设”(*Über die Hypothesen, welche der Geometrie zu Grunde liegen*)。就在这次演讲中，黎曼提出了多维空间以及流形等概念，并创建了黎曼几何学。椭圆几何，是黎曼几何的一种极为特殊的(二维、常曲率的)情形，在其中直线外一点，并不存在直线与该直线平行。

黎曼的演讲大大超越了时代。当时除了高斯外，没有人能领会他的几何思想。黎曼去世的两年之后，即1868年，他的演讲才以德文发表。1915年，爱因斯坦以黎曼几何作为数学工具创立了广义相对论。此时人们对黎曼卓越的划时代贡献才完全理解。

然而，艾勃特早在1884年就写出了《平面国》这本雅俗共赏的小册子。这在向一般读者阐明不同维度空间的一些特征方面功不可没。正像美国拓扑、几何学家多纳尔·欧谢(Donal O’shea)所说的那样:就使公众对高维空间意识的理解方面而言，这本小册子所做出的贡献很可能比20世纪的所有课程加起来的作用还要大得多。许多科普书籍*在谈及多维空间时，都会以《平面国》的内容作为引子，正印证了这一点。

一本有价值的书不妨有多种译本，因为不同的译本肯定会有各自的特色。本书译者本着“信”和“达”的原则忠实地翻译，一词一句尽量贴近原作。这除了想使读者能理解原作的真实含义外，也考虑到便于读者对照地阅读和欣赏原作。译者期盼读者阅读愉快，同时囿于自己的学识，也殷切希望得到大家的批评与指正。

最后，感谢高等教育出版社的各位同仁，他们为本书的出版给予了极大的支持与帮助。

# 1884年第二版及修订版序

编者

如果我那位可怜的平面国朋友保持着他开始撰写这些回忆录时所拥有的精神活力，那么我现在本不需要在这篇序言中代表他。在这篇序言中，他首先希望向他的空间国读者们和评论家们表示感谢。由于他们的欣赏，这本书以意想不到的快速需要出第二版了。其次，他要为某些差错和印刷错误道歉(不过他对后者并不完全负责)。第三，他要澄清一两个误解。但他已不是以前的那个正方形了。多年的监禁，以及普遍的怀疑和嘲笑所带来的更为沉重的负担，再加上岁月带来的自然衰老，把他在空间国短暂停留时所获得的许多思想、概念，还有大量的术语，都从他的头脑中抹去了。因此，他请求我代表他答复两条特别的反对意见，一条是关于知识性的，另一条是关于道德规范的。

第一条反对意见是，当一个平面国人看到一条线段时，他的眼睛看到的东西对眼睛来说一定既有**长度**，又有**厚度**。否则，如果它没有一定的厚度的话，那么它就是看不见的。因此，他应当(被认为)承认他的同胞们不仅有**长度**和**宽度**，而且有**厚度**或者说**高度**(虽然毫无疑问是有一个非常微小的高度)。这条反对意见似乎是合理的，而且这对空间国人来说，几乎是无法反驳的。所以，我得承认，当我第一次听到这条反对意见时，我都不知道该怎么来回答。但是在我看来，我可怜的老朋友却完美地回答了这个问题。

当我向他提到这条反对意见时，他说："我承认，你们的评论家所说的事实是真的，但我否认他的那些结论。的确，我们在平面国确实还有一个尚未被认识的第三维度，叫作'高度'，正如你们在空间国也确实有一个尚未被认识的第四维度，眼下还没有名字，我将其称为'超高度'。但是，正如你们无法察知你们的'超高度'一样，我们同样也无法察知我们的'高度'。即使是我，曾经去过空间国，并有幸理解了'高度'的含义长达24小时之久，现在也不能领会它了，而且也不能通过视觉或任何推理过程来认知它，而只能靠信念来看待它了。

"原因是显而易见的。维度就意味着方向，意味着度量，意味着有多有少。现在，我们所有的线段都**同样地**具有**无穷小**的厚度(或高度，随你喜欢怎样称呼)。因此，在这些线段中没有任何东西能引导我们的思想去注意那个维度的概念。没有任何一把‘精密的千分卡尺’——这正是空间国中某位过于仓促的评论家所提议的——会对我们有一丝一毫的用处。因为我们不会知道**该测量什么**，**也不知道往什么方向去测量**。当我们看到一条线段时，我们看到的是又长又**亮**的东西。对于一条线段的存在而言，必要的是不仅要有长度，还要有**亮度**。如果一条线段的亮度消失了，那么它也就消失了。因此，当我和我所有的平面国朋友们谈论一个在一条线段中以某种方式可见的、但未被认识的维度时，他们都会说：‘啊，你说的是**亮度**。’而当我回答‘不，我说的是一个真实的维度’时，他们就会立即反驳：‘那么你去测量它啊，或者告诉我们它是朝哪个方向延伸的。’这使我哑口无言，因为这两件事我都做不到。就在昨天，首领圆（也就是我们的主教）来视察州监狱，对我进行了第七次年度造访，他第七次对我提出了这样的问题：‘我略微好一点了吗？’我试图向他证明，他不仅有长度和宽度，还有‘高度’，虽然他并不知道这个高度。但是他的回答是什么呢？‘如果你说我是有高度的，就测出我的高度来，那么我就愿意相信你。’我还能怎么办呢？我怎样才能应对他的挑战？我被击垮了，他趾高气扬地离开了房间。

“你还觉得这很奇怪吗？那么把你自己放在一个类似的

位置。假设有一个第四维的人屈尊来探访你，那么倘若他说：‘每当你睁开眼睛，你**看到**的是一个平面(它是二维的)，于是你**推断出**一个立体形(它是三维的)。但实际上，你还看到(虽然没有认识到)一个第四维，它不是颜色、亮度或此类的任何东西，虽然我不能向你指出它的方向，你也不可能测量它，但是它是一个真正的维度。’你会对这样一位来访者说些什么？难道你不会把他关起来吗？好吧，这就是我的命运。我们这些平面国人把一个宣扬第三维的正方形锁起来，就像你们这些空间国人把一个宣讲第四维的立方体锁起来一样自然。唉，家族般的相似性是多么强烈地贯穿在所有维度的盲目又相互迫害的人性之中啊！点、线段、正方形、立方体、超立方体——我们都容易犯同样的错误，都同样的是各自的维度偏见的奴隶，正如你们空间国的一位诗人说过——

‘只要一接触大自然，就会使得所有的世界都变得相似’。”[1]

在我看来，正方形对于第一条反对意见的辩护是无懈可击的。我希望我可以说，他对第二条(或者说道德规范上的)反对意见的回答同样清楚而令人信服。有人提出异议，说他是一个厌恶女人的人。但是由于空间国种族中略超过半数的那些人(这是自然法则造成的)都竭力主张这条反对

1 作者希望我补充一点，由于他对这件事的一些批评者的误解，导致他在与球体的对话中插入了某些评注，这些评注与正在讨论中的问题要点有关联，而之前他认为其冗长和不必要而省略了。

意见，因此我想把它删除，只要我能公正地这么去做。但是，正方形是如此不习惯使用空间国的道德术语，所以如果我逐字逐句地抄录下他对这一指控的辩护，那么这对他来说应该是不公平的。因此，作为他的翻译者和总结者，我认为他在七年的监禁期间，已改变了自己对妇女和对等腰三角形或较低阶层的种种个人观点。就个人而言，他现在倾向于球体的观点，即直线段在许多重要方面优于圆。但是，当他作为一位历史学家在写作时，他（也许过于接近地）认同平面国历史学家们普遍持有的观点，甚至与（据他所了解的）空间国历史学家们的普遍观点也十分一致。在这些历史学家的（直到最近为止的）记载之中，妇女和人类大众的命运一直很少被认为值得一提，也从未被认真考虑过。

在随后更加晦涩难懂的一段话中，他想要否认一些批评家自然地认为他具有的圆或贵族的倾向。在公正看待少数几个圆世世代代保持着对广大同胞的智能霸权的同时，他认为不需要由他来置评，平面国的各种事实本身就表明了革命并不总能通过杀戮而被镇压，而自然界判决圆无生育能力，从而就判定了他们的最终失败。他说："在这里，我看到那条所有世界通用的伟大法则得以应验，即尽管人类的智慧认为它在做一件事，而大自然的智慧却迫使它做另一件事，而且是完全不同的、更好的一件事。"除此之外，他还恳求读者不要以为，平面国日常生活中的每一分钟的细节都必须与空间国的某个不同细节相对应。不过，他希望从整体上看，他的作品可以为那些思想温和的、谦虚的空间国人带来乐趣，也带来启发。这些人在说到具有最高重要性而又在经验之外的事情时，会拒绝一方面说“这永远不可能”，另一方面又说“必须要确确实实如此，我们对此一清二楚”。

# PREFACE TO THE SECOND AND REVISED EDITION, 1884

by the editor

If my poor Flatland friend retained the vigour of mind which he enjoyed when he began to compose these Memoirs, I should not now need to represent him in this preface, in which he desires, firstly, to return his thanks to his readers and critics in Spaceland, whose appreciation has, with unexpected celerity, required a second edition of his work; secondly, to apologize for certain errors and misprints (for which, however, he is not entirely responsible); and, thirdly, to explain one or two misconceptions. But he is not the Square he once was. Years of imprisonment, and the still heavier burden of general incredulity and mockery, have combined with the natural decay of old age to erase from his mind many of the thoughts and notions, and much also of the terminology, which he acquired during his short stay in Spaceland. He has, therefore, requested me to reply in his behalf to two special objections, one of an intellectual, the other of a moral nature.

The first objection is, that a Flatlander, seeing a Line, sees something that must be *thick* to the eye as well as *long* to the eye (otherwise it would not be visible, if it had not some thickness); and consequently he ought (it is argued) to acknowledge that his countrymen are not only long and broad, but also (though doubtless in a very slight degree) *thick* or *high*. This objection is plausible, and, to Spacelanders, almost irresistible, so that, I confess, when I first heard it, I knew not what to reply. But my poor old friend's answer appears to me completely to meet it.

"I admit," said he—when I mentioned to him this objection—"I admit the truth of your critic's facts, but I deny his conclusions. It is true that we have really in Flatland a Third unrecognized Dimension called 'height,' just as it is also true that you have really in Spaceland a Fourth unrecognized Dimension, called by no name at present, but which I will call 'extra-height'. But we can no more take cognizance of our 'height' than you can of your 'extra-height'. Even I—who have been in Spaceland, and have had the privilege of understanding for twenty-four hours the meaning of 'height'—even I cannot now comprehend it, nor realise it by the sense of sight or by any process of reason; I can but apprehend it by faith.

"The reason is obvious. Dimension implies direction, implies measurement, implies the more and the less. Now, all our lines are *equally* and *infinitesimally* thick (or high, whichever you like); consequently, there is nothing in them to lead our minds to the conception of that Dimension. No 'delicate micrometer'—as has been suggested by one too hasty Spaceland critic—would in the least avail us; for we should not know *what to measure, nor in what direction.* When we see a Line, we see something that is long and *bright*; *brightness*, as well as length, is necessary to the existence of a Line; if the brightness vanishes, the Line is extinguished. Hence, all my Flatland friends—when I talk to them about the unrecognized Dimension which is somehow visible in a Line—say, 'Ah, you mean *brightness*': and when I reply, 'No, I mean a real Dimension,' they at once retort, 'Then measure it; or tell us in what direction it extends'; and this silences me, for I can do neither. Only yesterday, when the Chief Circle (in other words our High Priest) came to inspect the State Prison and paid me his seventh annual visit, and when for the seventh time he put me the question, 'Was I any better?' I tried to prove to him that he was 'high', as well as long and broad, although he did not know it. But what was his reply? 'You say I am "high"; measure my "highness" and I will believe you.' What could I do? How could I meet his challenge? I was crushed; and he left the room triumphant.

"Does this still seem strange to you? Then put yourself in a similar position. Suppose a person of the Fourth Dimension, condescending to visit you, were to say, 'Whenever you open your eyes, you *see* a Plane (which is of Two Dimensions) and you *infer* a Solid (which is of Three); but in reality you also see (though you do not recognize) a Fourth Dimension, which is not colour nor brightness nor anything of the kind, but a true Dimension, al-

1 The Author desires me to add, that the misconception of some of his critics on this matter has induced him to insert in his dialogue with the Sphere, certain remarks which have a bearing on the point in question, and which he had previously omitted as being tedious and unnecessary.

though I cannot point out to you its direction, nor can you possibly measure it.' What would you say to such a visitor? Would not you have him locked up? Well, that is my fate: and it is as natural for us Flatlanders to lock up a Square for preaching the Third Dimension, as it is for you Spacelanders to lock up a Cube for preaching the Fourth. Alas, how strong a family likeness runs through blind and persecuting humanity in all Dimensions! Points, Lines, Squares, Cubes, Extra-Cubes—we are all liable to the same errors, all alike the Slaves of our respective Dimensional prejudices, as one of your Spaceland poets has said—

'One touch of Nature makes all worlds akin.'"[1]

On this point the defence of the Square seems to me to be impregnable. I wish I could say that his answer to the second (or moral) objection was equally clear and cogent. It has been objected that he is a woman-hater; and as this objection has been vehemently urged by those whom Nature's decree has constituted the somewhat larger half of the Spaceland race, I should like to remove it, so far as I can honestly do so. But the Square is so unaccustomed to the use of the moral terminology of Spaceland that I should be doing him an injustice if I were literally to transcribe his defence against this charge. Acting, therefore, as his interpreter and summarizer, I gather that in the course of an imprisonment of seven years he has himself modified his own personal views, both as regards Women and as regards the Isosceles or Lower Classes. Personally, he now inclines to the opinion of the Sphere that the Straight Lines are in many important respects superior to the Circles. But, writing as a Historian, he has identified himself (perhaps too closely) with the views generally adopted by Flatland, and (as he has been informed) even by Spaceland, Historians; in whose pages (until very recent times) the destinies of Women and of the masses of mankind have seldom been deemed worthy of mention and never of careful consideration.

In a still more obscure passage he now desires to disavow the Circular or aristocratic tendencies with which some critics have naturally credited him. While doing justice to the intellectual power with which a few Circles have for many generations maintained their supremacy over immense multitudes of their countrymen, he believes that the facts of Flatland, speaking for themselves without comment on his part, declare that Revolutions cannot always be suppressed by slaughter, and that Nature, in sentencing the Circles to infecundity, has condemned them to ultimate failure—"and herein," he says, "I see a fulfilment of the great Law of all worlds, that while the wisdom of Man thinks it is working one thing, the wisdom of Nature constrains it to work another, and quite a different and far better, thing." For the rest, he begs his readers not to suppose that every minute detail in the daily life of Flatland must needs correspond to some other detail in Spaceland; and yet he hopes that, taken as a whole, his work may prove suggestive, as well as amusing, to those Spacelanders of moderate and modest minds who—speaking of that which is of the highest importance, but lies beyond experience—decline to say on the one hand, "This can never be," and on the other hand, "It must needs be precisely thus, and we know all about it."

# 第一篇 我们的世界 1

“要有耐心，因为世界是宽广而辽阔的。”[1]

1 原文是“Be patient, for the world is broad and wide.”出自莎士比亚的《罗密欧与朱丽叶》(*Romeo and Juliet*)第3幕第3场。——译注

# 论平面国的性质 ①

我将我们的世界称为“平面国”，这并非因为我们是这样称呼它的，而是为了让你们这些有幸生活在空间中的快乐读者们能更清楚地了解它的性质。

想象有一张巨大的纸，在上面的线段、三角形、正方形、五边形、六边形以及其他图形不是保持固定在它们的位置上，而是在这个表面上或这个表面中自由地四处移动，但又没有能力上升到此表面之上或下沉到此表面之下。这很像影子——只有坚硬而明亮的边缘。于是你就会对我的国家和同胞有一个相当正确的观念了。唉，几年前，那时我还会说“我的宇宙”，但现在我的思想已经开阔了，对事物有了更高层次的看法。

在这样一个国家里，你立刻就会意识到，不可能存在任何你们所说的“立体”的东西。但我敢说，你会假定我们至少可以凭视觉来分辨那些三角形、正方形和其他如我描述过的那些四处移动的图形。恰恰相反，我们看不见任何这类东西，至少无法区分不同的图形。在我们看来，除了直线段以外，什么也看不见，什么也不可能看见。我马上来阐明，这一点是必然的。

在你的空间中的一张桌子的中间放置一枚硬币，并探身过去俯视它，那么它看起来就会是一个圆。

但是现在请退到桌子的边缘，将你的双眼慢慢向下移动(这样就可以说你越来越接近于平面国居民的状态了)，此时你会发现这枚硬币在你的视线中变成越来越扁的椭圆。最后，当你的双眼恰好移到桌子边缘处时(这样你实际上就成为一位平面国公民了)，这枚硬币将不再呈现椭圆形了，而是正如你所看到的，会变成一条线段。

如果你用同样的方法来处理一个三角形、正方形或任何用纸板剪出来的其他图形，那么同样的事情也会发生。只要你将双眼移到桌子边缘去看它时，就会发现在你看来它不再是一个形状，而在外观上变成了一条线段。以一个等边三角形为例，在我们看来他是体面阶级的一位商人。图(1)所示的是你弯着腰从上方看到的这位商人。如果你的双眼靠近桌子所在水平面，或者差不多与桌子在同一水平面上，那么你所看到的这位商人就会如图(2)和图(3)所示。如果你的眼睛正好与桌子在同一水平面上(这就是我们在平面国中看到他的样子)，那么你就只会看到一条线段。

(1)

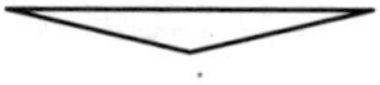
(2)

(3)

当我在游历空间国的时候，曾听说你们的水手在横越你们的海洋，要分辨位于地平线上的某个遥远岛屿或海岸时，他们也有非常相似的经历。这块遥远的陆地可能有海湾、海岬，还有任意数量、任意程度的凹凸角度。然而，这些东西你从远处什么都看不见(除非你们的阳光确实照亮了它们，通过光亮和阴影的方式显示出它们的凹和凸)。除了水面上的一条不间断的灰色线条以外，你什么也看不见。

好吧，在平面国中，当我们的一个三角形或其他熟人靠近我们时，我们所看到的就是这样。因为我们既没有太阳，也没有那种能造成阴影的光，所以我们在视觉上得不到任何你们在空间国中所拥有的种种帮助。如果有一位朋友在靠近我们，我们就看到他的线段在变长；如果他在远离我们，这条线段就会变短。但他看上去还是像一条线段。不管他是三角形、正方形、五边形、六边形还是圆形，你看到的总是一条线段，而不是任何其他的图形。

你也许会问，在这样不利的情况下，我们如何才能区分我们的朋友呢？这是一个非常自然的问题。不过，当我描述平面国中的居民后再来回答它将会更恰当、更容易。就目前而言，让我暂时把这个问题搁一搁，先来对我国的气候和房屋略表一二。

# ② 论平面国的气候和房屋

和你们一样，我们的指南针上也标有东、南、西、北四个方位。

由于既没有太阳，也没有任何其他天体，因此我们不可能用通常的方法来确定北方，但我们有自己的方法。根据我们的一条自然法则，存在着一个指向南方的恒定引力。尽管在温和的气候下，这个引力是很微弱的，因此一位身体健康的女性就可以毫不费力地向北走上好几弗隆[1]的路，不过，在我们这块土地的大部分地区，这个向南的引力的阻滞作用已足以发挥指南针的作用。此外，(定期落下的)雨水总是从北方而来，这就提供了又一种帮助。在城镇里，我们有房屋来引导，房屋的边墙自然大部分都是南北走向的，这样屋顶就可以挡住来自北方的雨水。在没有房屋的乡间，树干起着某种引导作用。总的来说，我们在确定方向方面并没有想象中那么困难。

然而，在我们气候更为温和的那些地区，人们几乎感觉不到这种向南的引力。我有时在一片完全荒凉的平原上行走，那里没有房屋和树木可供参照，于是我就偶尔不得不

1　弗隆(furlong)，长度单位，也译为浪，1弗隆相当于201.17米。——译注

连续停留几个小时，一直等到雨水降临才能继续我的行程。对于年老体弱者，尤其是那些柔弱的女士们，这个引力要比对于健壮的男性更能发挥其影响力，以致这成为一个体现教养的核心问题了：如果你在街上遇到一位女士，你总是要将路的北侧让给她——当你身体十分健壮，而周围的气候又让你南北难辨时，仓促之间要做到这一点也绝非易事。

我们的房屋是没有窗户的，因为光在我们的屋里屋外都以相同的方式照向我们，无论白天黑夜，无论何时何地都是一样的，不过对于光从何处来我们却一无所知。在往昔，我们博学的长者有一个有趣的、常常被研究的问题：“光的起源是什么？”人们一再试图解决这个问题，除了我们的精神病院里挤满了想要解决这个问题的人之外，别无结果。因此，立法机关试图通过征收重税来间接遏制这类研究，而在发现这只是徒劳之后，近期又完全禁止了这类研究。我——唉，在平面国中只有我一个人——现在已经太清楚地知道了这个神秘问题的真正答案。但是我的同胞之中却没有任何一个人能理解我的知识。他们嘲笑我——唯一掌握空间的真理和光来自三维世界这一理论的人——就好像我是疯子中最疯狂的一个！不过，还是别再说这些痛苦的题外话了吧，让我回过来讨论我们的房屋。

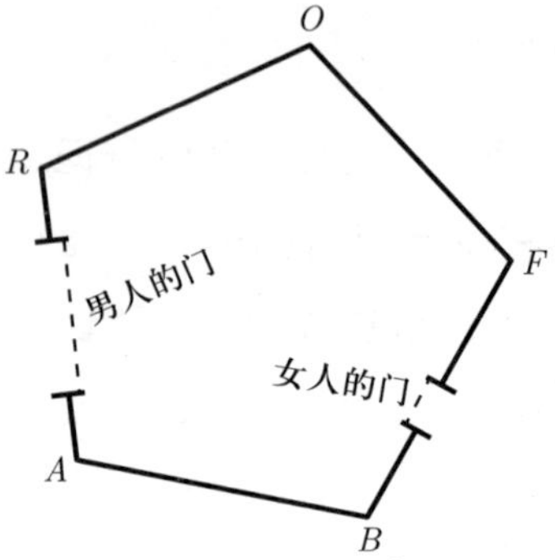


房屋最常见的建筑形式是五边形的，如附图所示。北面的两条边$RO$、$OF$构成了屋顶，多半情况下这两条边上都不开设门。东面有一扇小门，是供妇女们出入的，西面有一扇大得多的门，是供男人们出入的。南面，或者说地板，通常是没有门的。

正方形和三角形的房屋是不允许建造的，其原因如下：一个正方形的各个角（更有甚者是一个等边三角形的那些角）比五边形的各个角要尖得多，何况无生命的物体（比如说房屋）的线段要比男人和妇女的线段来得昏暗。由此出现的结果是，如果一位行人马虎大意或心不在焉，突然撞上了一幢正方形或三角形住宅的尖角，那就可能导致严重的伤害，这种危险不容小觑。所以早在我们纪元的11世纪，建造三角形房屋就遭到了法律的全面禁止，只有防御工事、弹药库、兵营和其他国家建筑例外，这是因为不希望普通民众不慎靠近这些建筑物。

在那一时期，正方形房屋在各处仍然都是允许的，但也受到一项特殊税收的阻遏。不过，大约三个世纪之后，法律规定，在所有人口超过一万的城镇中，五边形的角度是符合公共安全的最小可允许房屋角度。公民群体的良好意识支持了立法机关的这些艰难努力，如今，甚至在乡下，五边形建筑也已取代了所有其他建筑。只有在一些非常偏远和落后的农业区，古文物学者才有可能偶尔发现一座正方形房屋。

# 3 关于平面国的居民

平面国的一位成年居民的最大长度或宽度大约相当于你们的11英寸[1]。可以将12英寸视为一个最大长度。

我们的妇女是直线段。

我们的士兵和最低等级的工人是三角形，有两条相等边，每边长度大约是11英寸，还有一条底边或者说第三边，这条边非常短(通常不超过半英寸)，从而他们在顶点处构成一个非常尖锐而令人畏惧的角。事实上，当他们的底边是最低贱的类型(长度不超过1/8英寸)时，很难将他们与直线(或者说妇女)区分开来，他们的顶点极为尖锐。同你们一样，我们也把这些三角形称为等腰三角形，从而与其他三角形居民区分开来。在下文中我将用这个名字来称呼他们。

我们的中产阶级是由正三角形(或者说等边三角形)组成的。

我们的专业人士和绅士是正方形(我本人就从属于这个阶级)和五边形。

再往上就是贵族阶级，他们有不同的度数，从六边形开始，边数依次增加，直到获得多边形这一尊贵头衔。最后，

1　1英寸相当于2.54厘米，因此这里及下文中的11英寸、12英寸、半英寸和1/8英寸分别相当于27.94厘米、30.48厘米、1.27厘米和0.32厘米。——译注

当边数变得如此之多，而各边本身又变得如此之短，以致无法将这个图形与一个圆区分开时，他就被列入圆形阶层(或者说教士阶层)，这是所有阶级中的最高级别了。

我们的一条自然法则是，男孩会比他的父亲多一条边，因此每一代(一般说来)都会在进化程度和高贵程度上提高一级。因此正方形之子是五边形，五边形之子是六边形，以此类推。

但这条规则并不总是适用于商人，适用于士兵和工人的情况则更少。士兵和工人确实几乎不能说配得上人类图形这一名称，因为他们所有的边并非都相等。因此，那条自然法则对他们不适用。等腰三角形(即两边相等的三角形)之子仍然是等腰三角形。然而，对于等腰三角形，希望也没有完全破灭，即他的后代最终也可能从他的低贱状况有所上升。因为人们通常会发现，士兵阶级和工匠阶级中比较聪明的那些，在经过一长串军事胜利，或者经过勤奋而熟练的劳动之后，他们的第三边(或者说底边)会稍有增长，而另外两条边则会缩短一些。这些下层阶级中比较聪明的成员的儿女之间发生的(由教士安排的)内部通婚，常常会生育出更接近等边三角形类型的后代。

考虑到等边三角形在巨大的等腰三角形出生数中所占的比例，等腰三角形父母生出一个真正的、经过认证的等边三角形，这种情况还是很罕见的。[1]要生出这样一个等边三角形，其先决条件不仅需要一系列精心安排的内部通婚，还需要想成为未来的等边三角形们的这些先辈长期地、持续地厉行节俭和克己，并经过许多代等腰三角形耐心、系统、持续地发展智力。

等腰三角形父母生出一个真正的等边三角形，这在我国是方圆好几里内的人们津津乐道的喜事。经过卫生和社会委员会的严格审查，婴儿如果被认证为规则的，就以隆重的仪式准入等边阶级。然后，他立即被从他那骄傲而伤心的父母身边带走，而由某个没有孩子的等边三角形收养。这位收养者经宣誓后受法律束缚，从此以后永远不准许这个孩子再迈进他原来的家，甚至也不允许他再去看望他的亲戚们。这是唯恐这个刚刚培育的生命在无意识模仿的感染下可能会再次堕落到他父辈们的等级。

从祖祖辈辈生来都是农奴的行列中偶然出现的一个等边三角形，不仅受到穷苦农奴们自身的欢迎，而且也受到广大贵族的欢迎。前者是因为这些等边三角形的出现为他们单调而粗鄙的存在带来了一线光明和希望，而后者是因为所有的上层阶级都很清楚，这些罕见的现象几乎不会或根

1　一位空间国的评论家可能会问："为什么需要认证？生出一个正方形儿子，不就是一种来自自然本身的认证，证明了父亲是等边的？"我的回答是，任何地位的女士都不会嫁给一个未经认证的三角形。正方形后代有时是一个稍不规则的三角形所生的，但几乎在所有这种情况下，第一代的不规则都会在第三代中呈现出来，他要么没能达到五边形的等级，要么重新退回到三角形。

本不会使他们自己的特权变得低俗，何况还能对从下而上的革命形成一道最有用的障碍。

倘若这些有锐利尖角的乌合之众毫无例外地完全丧失了希望和野心，那么他们可能会在他们的许多叛乱暴动中发现一些领导者，从而能够使他们在数量上和力量上的优势甚至连圆的智慧都应付不了。不过，有一条英明的自然法规已经注定，随着工人阶级的智力、知识和一切德行的增长，他们的锐角(这使得他们的身体十分骇人)也会以同样的比例增大角度，并接近于等边三角形的相对无害的角度。因此，人们发现，士兵阶级中最残忍、最令人畏惧的那些——几乎与妇女一样水平的缺乏智力的那些生物——当他们为了有效地利用他们的巨大穿刺能力优势逐渐增强必需的心智能力时，他们的穿刺能力本身则在减弱。

这条补偿法则是何等令人钦佩啊！这是多么完美的一条证据，证明了自然的合情合理，并且我几乎可以说，也证明了平面国各州贵族体制有着神授的起源！通过明智而审慎地运用这一自然法则，多边形和圆形们利用人类头脑中无法抑制的、无限的希望，几乎总是能够将叛乱扼杀在摇篮之中。人工干预也有助于法治的贯彻。以下做法在一般情况下发现都是可行的：医生们负责动几个小小的人工压缩或扩张手术，就有可能使叛乱中的一些比较聪明的领袖变成完全规则的形状，并立即准许他们进入特权阶级。而更多仍然低于标准的形状，则受到最终被提升为贵族的前景所诱惑，被诱使住进各州立医院，他们在那里被体面地终身监禁。只有一两个更加顽固不化、愚昧无知而且无可救药的不规则形才会被处决。

然后，那些没有计划、没有领导的可怜的等腰乌合之众，要么毫无抵抗地被他们的一小群同胞刺穿了，而这些同胞正是作为领袖的圆雇佣来应付这种紧急情况的，要么更常见的是，由于圆党在他们之间巧妙地煽动起妒忌和猜疑，挑拨他们相互争斗，被彼此的尖角所残杀。在我们的编年史上记载的叛乱不下120次，此外还有235次小规模暴乱，它们最终都是这样结束的。

# 关于女性 ④

如果我们的士兵阶级中的那些十分尖锐的三角形是令人生畏的，那么很容易推断出，我们的妇女们就更加令人生畏了。因为如果士兵是楔子，那么妇女就是针，可以说她全是尖端，至少在两端是如此。再加上她还有能力随心所欲地使自己几乎隐身，因此你会意识到，平面国里的女性绝不是可以等闲视之的生物。

但在这里，或许一些比较年轻的读者会问，生活在平面国里的妇女是如何让自己隐身的。我认为，这一点无须任何解释就应该是显而易见的。不过，还是说几句话来使那些最不肯深思的人明白这一点吧。

把一根针放在桌子上，然后将你的双眼移到桌子的水平面。从侧面来看它，你就会看到这根针的整个长度。但是如果从一端来看它，你就只会看到一点，因此它几乎已经变得难以觉察到了。我们的一个妇女也正是这样。当她侧身朝向我们时，我们看到她是一条线段。当我们的眼睛看到的是包含着她的眼睛或嘴——因为对我们来说这两个器官是相同的——的那一端时，我们看到的就只是一个十分明亮的点。但是，当她的后端出现在我们眼前的时候，那么——此时她只是不那么明亮，几乎和一个没有生命的物体一样暗淡——她的后端所起的作用就相当于一种隐形帽。

空间国中就连理解能力最平庸的人，现在也必定很清楚这些妇女给我们造成的危险了。即使是一个受人尊敬的中产阶级三角形，他的角也并非毫无危险；如果撞上一个工人，就会留下一道深长的伤口；如果与一名军队阶级的军官发生碰撞，结果必然会造成重伤；而光是触碰到一名士兵的顶角，就会带来死亡的危险；那么如果撞上一个妇女，除了惨死当场之外，还会有什么结果呢？当一个妇女隐身时，或者被看到的只是一个暗淡无光的点时，即使那些最小心翼翼的人，想要避免碰撞，那也必定是十分困难的！

为了尽量减小这种危险，平面国的各个州在不同的时间制定出了许多法规。在南方和气候不太温和的地方，那里引力较大，而人类也比较倾向于随意地、不自觉地移动，因此有关妇女的法律自然要严苛得多。不过，由以下总结可以获得对这些法规的一个总体认识：

1 当我游历空间国时，我了解到你们的一些教士圆也以同样的方式为村民、农民和寄宿学校的教师们设立了一个单独的入口（《旁观者》(*Spectator*)，1884年9月，第1255页），从而使他们可以“以一种合宜和体面的方式进入”。

2 圣维特斯舞蹈病（St. Vitus's Dance）是一种以身体和四肢的痉挛性运动为特征的退行性神经疾病。——译注

1. 每栋房屋的东面都应设有一个入口，只供女性使用。所有女性都应以“一种合宜和体面的方式”[1]进入，而不能从男性专用的西面的门进入。
2. 所有女性在任何公共场所行走时，都必须持续不断地发出表示平和的鸣叫声，否则将被处以死刑。
3. 任何女性一经正式证明患有圣维特斯舞蹈病[2]、癫痫、慢性感冒并伴有剧烈打喷嚏，或者任何必然会引发不受控制运动的疾病，都应被立即消灭。

在一些州还有一项附加法律，规定女性在任何公共场所行走或站立时，必须时常左右晃动后端，以向身后的人表明自己的存在，否则将被处以死刑。另一些州则规定妇女在旅行时必须由她的一个儿子、仆人或丈夫跟随。还有一些州则把妇女完全限制在家里，只有在宗教节日期间除外。不过，我们的圆中最睿智的那些(或者说政治家们)已经发现，对女性的限制增多，往往不仅导致了种族的衰弱和缩减，还导致了家庭谋杀案件大大增加，以至于一条限制性过强的禁令就会使此州得不偿失。

这是因为每当妇女们的怒气因被困家中或者在外受到规章制度的束缚而被激化时，她们往往会把怒气发泄到丈夫和孩子身上。在比较极端的地区，有时整个村庄的男性人口在一两个小时内就因女性的情绪同时大发作而被全部消灭。因此，上面提到的三项法律对于管理较好的各州已足以满足要求了，并可视为我们的女性法典的一个粗略例证。

毕竟，我们的主要安全保证不是由法律的制定提供的，而是来自妇女自身的利益。这是因为，虽然她们可以通过一种后退运动而造成受害者的瞬间死亡，但是除非她们能从挣扎的受害者身体中将自己刺入的末端立即抽出来，否则她们自己脆弱的身体很容易落得粉身碎骨。

潮流的力量也在我们这边。我指出过，在一些文明程度较低的州，女性站在任何公共场所时都得左右摇晃她的后端。在所有管理良好的州，这种习俗在任何自命有教养的妇女中一直得到普遍的遵循。在图形们的记忆所及之时就已经有这种做法了。这本应是每个受人尊敬的女性的自然本能，而如果必须要通过立法来强制执行本应做到的事，那么对于任何州来说都会是一种耻辱。我们的圆形阶级女士们的后端会发生有节奏的、韵律分明(如果我可以这么说的话)的摆动，这是普通等边三角形的妻子所羡慕和模仿的，因为她们只能努力做到单调地摆动，就像滴答作响的钟摆那样，除此之外什么都办不到。同样，等边三角形阶级的妇女们有规律的摆动也受到有进取心、有抱负的等腰三角形的妻子们的不少钦佩和模仿，如果在她们的家庭之中，还没有任何一种“后端运动”成为生活的一种必需。因此，在每一个有地位的、考虑周全的家庭中，“后端运动”就像时间本身一样是普遍存在的。这些家庭中的丈夫和儿子们至少可以免受隐形的攻击。

这并不是说，由此必然可以认为我们的女人毫无感情。但不幸的是，那一刹那的激情，在脆弱的女性身上压倒了其他一切要关心的事。当然，这是由于她们的不幸形态所引起的必然结果。因为她们算不上是一个角度，在这方面还不如极其低下的等腰三角形，因此她们完全没有智力，既不会思考，不会识别，也缺乏先见之明，而且几乎没有任何记忆。因此，在她们突然暴怒的时候，绝不会记得自己有权力提出要求，也不会辨认出任何区别。实际上，我听说过一个案例，一个女人把她的全家都杀光了，半小时后，当她怒气消退，碎片残骸都被扫走了，她却还在询问，她的丈夫和孩子们发生了什么。

于是显而易见的是，只要一个女人处于可以转身的位置，那就不该去激怒她。当你把她们安排在她们的套间里——而建造这种房间就是为了使她们施展不出转身的能力——你可以想说什么就说什么，想做什么就做什么，因为那时她们完全没有能力造成伤害。几分钟后她们就不会记得她们在此刻可能对你造成的死亡威胁，也不记得你为了平息她们的暴怒而认为必须做出的那些承诺。

除了军队阶级中那些较低阶层中的家庭关系以外，我们的家庭关系总体来说是和睦的。由于这些阶层中的丈夫们既不够圆通，也不够谨慎，因此有时会造成难以形容的灾难。这些鲁莽的生物过度依赖他们的锐角作为进攻性武器，而不是依靠有着很好感觉的防御器官以及说一些适时的掩饰之词，因此会太经常地疏忽女性套间的规定建构，或者在户外以欠考虑的措辞激怒了他们的妻子，并且拒绝立即收回。此外，对刻板真理的一种迟钝而生硬的尊重使他们不愿意做出那些慷慨的承诺，而更有见地的圆就可以用这些承诺在片刻之间安抚他的配偶。这种生硬做法的结果是导致了残杀，不过这也并非全无好处，因为它消灭了那些比较野蛮和令人讨厌的等腰三角形。我们的许多圆认为，弱势性别的破坏性是抑制多余人口和将革命扼杀在萌芽状态的许多天赐安排之一。

然而，即使在我们最规则的、最接近圆形的家庭中，我也不能说，家庭生活的完美典型就像你们在空间国里的那么高了。这些家庭里有和平，因为只要没有屠杀，就可以被称为和平。但是这些家庭里也必然几乎不会有爱好或追求的融合，圆出于谨慎的智慧而以牺牲家庭舒适为代价来确保安全。在每个圆形或多边形家庭中，母亲和女儿应该时刻将她们的眼睛和嘴对着她们的丈夫和他的男性朋友，这是自太古以来就有的一种习惯，而现在已经成为我们上层阶级女士们的一种本能。对于一位出身名门的贵妇人来说，背对丈夫会被视为一种不祥之兆，会引起**地位**的丧失。但是，正如我马上就会表明的，虽然这种习惯的好处是带来了安全，但也并非没有缺点。

在工人或体面的商人家里，妻子在家常娱乐时可以背对她的丈夫。当既看不见妻子也听不见她的声音的时候，那些家庭里除了连续不断的表示平和的嗡嗡声以外，至少有一些片刻的安静。然而，在上层阶级的家里，则往往没有和平可言。在那里，滔滔不绝的嘴和明亮敏锐的眼睛总是对着家庭的主人，而光本身并不比女性连续不断的话语更持久。老练和技巧足以避开女人的尖刺，却无法堵住女人的嘴。由于妻子完全言之无物，也完全没有智慧、理智或良心的约束能阻止她这样说话，因此人们已经发现，有不少愤世嫉俗者坚称，他们宁可遭受无声无息而致人死命的针蛰危险，也不愿听到女人另一端发出的不会造成损伤的高亢声音。

在空间国的读者看来，我们的女性的处境似乎真的很悲惨，事实也确实如此。等腰三角形中的一个最低类型的男性也可以期待自己的角有所改善，并最终提升到他的整个低贱等级之上，但却没有一个女人能对自己的性别抱有这样的希望。“一日为女人，终身为女人”是天意，而进化法则似乎不待见她，因而在她身上失效了。不过，至少我们可以对一种英明的预先安排感到钦佩，这一安排注定了：既然她们没有希望，因此她们没有记忆，也没有远虑，于是这些痛楚和羞辱就立即变成了她们存在的必要条件以及平面国体制的基础。

# 论我们彼此辨认的方法

# 5

在快乐的三维区域中，你幸运地拥有光明和阴影，你拥有天赋的双眼，天生具有透视的辨别力，而且陶醉于享受各种颜色，你可以确实地**看见**一个角，还能凝视一个圆的完整周长——我该如何才能让你明白我们在平面国中彼此辨认形体时所经历的极端困难呢?

回想一下我刚才告诉你的。平面国中的所有存在物，无论是有生命的还是无生命的，不论它们的形状如何，从**我们的视角**看都有一样或者几乎一样的外观，也就是说都是一条线段。既然都是一样的，那么这里的人怎能彼此区分呢?

答案由三部分构成。第一种辨认手段是听觉。我们的听觉比你们发达得多，这使我们不仅能通过声音辨认出我们的朋友，甚至还能区分不同的阶级，至少是最低的三个等级:等边三角形、正方形和五边形——等腰三角形不在我的考虑之内。但随着我们社会地位的上升，通过听觉来辨认和被辨认的过程就变得越来越困难，其中一部分原因是声音被同化了，另一部分原因是声音辨别能力是庶民的一种长处，在贵族阶层中并没有得到很好的发展。只要存在任何冒名顶替的危险，我们就不能依赖这种方法。在我们的这些最低等级中，发声器官的发育程度超过了听觉器官的发育程度，因此一个等腰三角形可以很容易地伪装出一个多边形的声音，经过一些训练，甚至可以伪装成一个圆本人的声音。因此，更常用的是下一个方法。

在我们的妇女和较下层的阶级中(关于我们的上层阶级，我马上就会谈到)，不管怎么说，在陌生人之间，以及当问题不是关于个人，而是关于阶级时，**触觉**是辨认的主要检验方式。因此，在空间国较高层阶级中的“介绍”，在我们这里就是“触摸”。“允许我请您触摸一下我的朋友某某先生，也让他触摸一下您。”在远离城镇的地区，这句话仍然是我们的平面国乡绅之间比较老式的介绍习惯用语。但是在城镇的商人之间，“也让他触摸一下您”被省略了，句子缩短成“让我请您触摸一下某某先生”。不过，这里当然假设了这种“触摸”是相互的。我们的更现代、更时髦的年轻绅士们则对多余的花架子非常厌恶，并且对于母语的纯正性漠不关心，因此在他们之间，这句介绍用语进一步缩减为从技术意义上只使用“触摸”一词，意为“为了触摸和被触摸的目的而推荐”。而就在眼下，上流阶级中有礼貌的或快节奏的社会里的“俚语”中允许出现“史密斯先生，请允许我触

1 这是作者按照剑桥大学(University of Cambridge)而杜撰的一所大学。——译注

摸琼斯先生”这样不规范的粗鲁用语。

不过，读者可不要假设“触觉”对于我们，就像对于你们那样，是一个乏味的过程，也不要假设在我们判定每个人属于哪个阶级之前，有必要对他的所有边都有正确的触感。从学校开始的、并在日常生活阅历中不断积累的长期实践和训练，使我们能够凭借触觉立即分辨出等边三角形、正方形和五边形之间的角度差异。不消说，即使通过最迟钝的触碰，也能明显感觉到锐角等腰三角形的无脑顶角。因此一般而言只需要触摸每个人的单单一个角就够了。而这个角一旦被确定，那它就会告诉我们攀谈的对方属于什么阶级。除非他确实属于贵族的较高阶层，对于那些阶层，困难要大得多。大家都知道，甚至我们文桥大学[1]（University of Wentbridge）的一位文科硕士也曾把十边形和十二边形搞混。几乎没有一位理学博士，不管他是不是出自那所著名的大学，能够自夸在一位二十边形和一位二十四边形贵族之间迅速而毫不犹豫地做出判别。

我的读者如果还记得我在上文中摘录的关于妇女的法规，就会很容易认识到，通过触碰来介绍妇女的过程需要相当地小心和谨慎。否则那些尖角可能会对粗心大意的触摸者造成无法挽回的伤害。为了触摸者的安全，被触摸者必须完全静止不动。突然的一惊、一个不安的位置颤动，是的，甚至一个猛烈的喷嚏，早已证明对于不加留心的人会是致命的，而且会把许多有希望的友谊扼杀在萌芽之中。这对三角形中的那些最低阶层尤其如此。他们的眼睛离自己的顶点太远，以至于几乎无法察知在他们躯体的那一端发生了什么。此外，他们本性粗野鲁莽，对有高度组织结构的多边形的细微触碰并不敏感。那么，如果不经意地一扬头，就使国家失去了一条宝贵的生命，那又有什么可奇怪的呢？

我的那位优秀的祖父，在不幸的等腰三角形阶级中是属于不规则度最低的。事实上，他在去世前不久，在卫生和社会委员会获得了7票中的4票，批准让他进入等边三角形阶级。我曾听他哀叹过发生在他的曾曾曾祖父身上的这种功亏一篑的不幸灾难，当时他那庄严的眼中噙着泪水。他的曾曾曾祖父是一位受人尊敬的工人，有着$59°30'$的顶角或者说大脑。根据他的说法，我那位不幸的先祖由于受到风湿病的折磨，在一个多边形正在触摸他时突然一惊，意外地沿对角线刺穿了那位伟人。因此，部分是由于他遭受长期监禁和降级，部分也是由于深入到我先祖的亲戚们中去的那种精神冲击，我们家族在向更好的前景上升的过程中倒退了1.5°。其后果是，下一代的家族大脑只登记为58°，直到经过五代人，失地才得以收复——达到了完全的60°，并最终取得了脱离等腰三角形的飞跃。而这一连串的灾难都源于触摸过程中的一个小小的不测事件。

此时，我想我听到一些受过良好教育的读者惊呼道："在平面国，你怎么可能知道关于角、度或分的任何事情呢？我们可以**看见**一个角，这是因为我们在空间区域之中，可以看见两条互相倾斜的直线。可是你们呢，你们一次只能看到一条直线，或者无论如何只能看到全都排列在一条直线上的若干线段。你究竟怎么可能分辨出任何一个角呢，更何况要表明不同大小的角？"

我的回答是，虽然我们无法**看见**角，但我们可以**推断**出它们，而且具有非常高的精确性。我们的触觉是在需要的刺激下，经过长期的训练而发展起来的，使我们能够在不借助一把尺以及一种角度量具的情况下，以比我们的视觉高得多的精度辨别角度。我还必须说明一下：我们还有着来自大自然的巨大帮助。依据我们的自然法则，等腰三角形阶级的大脑一定从半度（即30′）开始存在，每一代会增长半度（如果它确实有增长的话），直至达到60°这一目标，此时农奴身份解除，这个自由人进入规则形状阶级。

因此，大自然本身就为我们提供了一种从半度到60°升序的阶梯或角度顺序表，全国各地的每一所小学都摆放着这种升序阶梯或角度顺序表的标本。由于偶然的退化，更常见的是由于道德和智力上的停滞不前，以及罪犯和流浪汉阶层的惊人繁殖力，因此总是有过量的半度和1°阶级的个体，而其他10°以内的个体也相当充足。这些三角形都是完全没有公民权的。他们中的许多人，甚至没有足够的智力在作战中派上用场，而是由各州专用于教育事业。他们被牢牢铐住无法移动，以消除所有可能的危险。他们被放置在我们的托儿所的教室里。教育委员会把他们放置在那里的目的是要利用他们来向中产阶级的后代灌输这样的信息：这些卑贱的生物本身没有一点智慧和天分。

在一些州，这些标本偶尔会被喂养，痛苦地生存达数年之久。不过，在那些不那么极端的、管理比较好的地区，人们发现从长远来看，对这些年轻人的教育，更有利的做法是省下这些食物，每个月更换一次标本——这大约是罪犯阶层在不吃东西的情况下能够存活的平均时间。在收费较低的学校里，长时间保存标本是得不偿失的，其中部分原因是食物的花费，还有部分原因是角度精确性的下降，这些角在持续被“触摸”几周之后就会受损。在列举这种较昂贵制度的优点时，我们也不能忘记补充一点，即这种制度虽然轻微但可察觉地有助于减少冗余的等腰三角形群体——这是平面国每一位政治家始终记住留待日后贯彻的目标。因此总体上——在许多民选的学校董事会中，有一种反应是支持所谓的“廉价制度”，尽管对此我并非一无所知——

但是我本人却倾向于认为，在许多情况下，花费就是最真实的省俭，而这正是其中之一。

但是，我不能让学校董事会的政治问题带得离了题。我相信，以上所说的已经足以表明，通过触觉来辨认并不像人们想象中那样，是如此冗长乏味、举棋不定的过程。很明显，它比通过听觉来辨认更可靠。正如上文所指出的，仍然有人持反对意见，因为这种方法不无危险。出于这个原因，许多中低阶级的人，以及多边形和圆形阶层中无一例外的所有人，都喜欢第三种方法。对这种方法，我们将留到下一节中去描述。

# 6 论视觉辨认

我马上就要看起来前后不一致了。在前面几节中我已经说过，平面国里的所有图形都以一条线段的外貌出现。我也附带说明或暗示过：不可能通过视觉器官来区分不同阶级的个体。不过，我现在要向我的空间国批评家们解释，我们是如何能够通过视觉来互相辨认的。

不过，如果读者肯费心去参考说明触觉辨认是普遍采用的方法的那一段，他就会发现有一个限定——“在下层阶级中”。而只有在上层阶级和我们比较温和的气候中，视觉辨认才是一种习以为常的做法。

这种辨认能力存在于任何地区、任何阶级，都是雾所造成的。一年中大部分时间里，除了热带以外，其他地方都大雾弥漫。在你们的空间国里，大雾纯粹是一件令人不快的事情，它遮蔽了风景，压抑了心灵，危害着健康。而在我们看来，它却是一种几乎不亚于空气本身的赐福，养育了人文科学，产生了科学技术。不过，还是不要再对这种有益的要素大加颂扬了，而是让我来解释一下我的意思。

如果不存在雾的话，那么所有的线条都会显得同样地

1　1英尺=0.3048米，因此3英尺=0.9144米，2英尺11英寸=0.889米。——译注

清晰，难以分辨。事实上，在那些空气绝对干燥又透明的不幸农村中，情况就是如此。但是，凡是有大量雾气的地方，远处的物体，比如说3英尺远的物体，就比2英尺11英寸远[1]的物体要暗淡得多。其结果是，通过对相对明暗度进行仔细、持续不断的实验观察，我们就能够以非常高的精确度推断出被观察物体的形状。

举一个实例会比泛泛而谈更能清楚地表明我的意思。

假设我看到两个人正在向我走近，而我想确定他们的阶级。我们可以假设，他们是一位商人和一位医生，或者换句话说，是一个等边三角形和一个五边形：我该如何来区分他们呢？

对于空间国里每个有点儿几何学入门知识的孩子都显而易见的是，如果我能移动眼睛而使得我的视线可以将正在走近的陌生人的一个角($A$)二等分，那么我的视野就会均匀地位于贴近我的两条边(即$CA$和$AB$)之间，于是我就会不偏不倚地注视着这两条边，而它们看起来会具有相同的长度。

现在，对于商人的情况(1)，我会看到什么？我会看到一条线段$DAE$，它的中点($A$)会很亮，因为它离我最近。但是这条线段的两侧都会**迅速变暗**，这是因为$AC$和$AB$两边都在**迅速退入雾中**。而在我看来是商人的两个末端$D$和

$E$, 会变得**确实非常暗**。

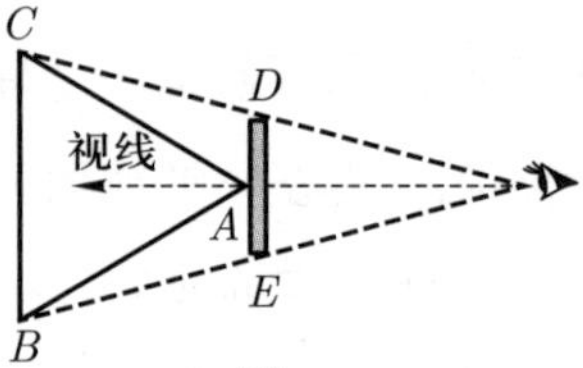

(1)

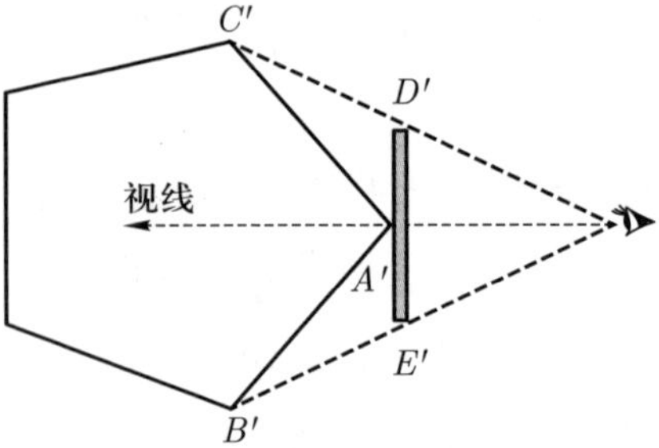

(2)

另一方面，对于医生的情况(2)，虽然我在这里也会看到一条具有明亮中点($A'$)的线段($D'A'E'$)，但它两侧将**以较慢的速度**变暗，这是因为边($A'C'$，$A'B'$)**退入雾中的速度较慢**。在我看来是医生的两个末端 $D'$ 和 $E'$，就**不会**像商人的末端**那么暗**。

通过这两个实例，读者很可能会理解，经过长期的训练，再加上不断的经验补充，我们之中受过良好教育的那些阶级是有可能通过视觉来相当准确地辨别中下等级的。如果那些空间国的忠实读者理解了这一普遍概念，只要能够构想出这种可能性，而不是以完全不可置信为理由拒绝我的描述，那么我就会达到我所能合理期待的一切了。倘若我试图给出更多的细节，结果只是徒增困惑而已。然而，那些年轻而缺乏经验的人或许会从我上面给出的两个简单实例（它们表明我应该用来辨认我的父亲和我的儿子所依据的方法）推断出，视觉辨认是一件简单的事。为了这些人，我可能有必要指出，在现实生活中，大部分视觉辨认的问题都要微妙得多，也复杂得多。

例如，如果我父亲（三角形）在靠近我的过程中，恰好不是以他的角对着我，而是以他的边对着我，那么我会有片刻怀疑他会不会是一条线段，或者说，会不会是一个女人。直到我要求他转过来，或者直到我绕着他侧向移动我的眼睛，我才能打消这种怀疑。同样，当我与我的两个六边形孙子之一同行，而我从正前方注视着他的一边（$AB$）时，那么从附图中可以明显看出，我将看到一整条相对明亮的线段（$AB$），它的两端几乎没有变暗，还会看到两条较短的线段（$CA$和$BD$），它们整条都较暗，并且朝着两端$C$和$D$渐渐变得更暗。

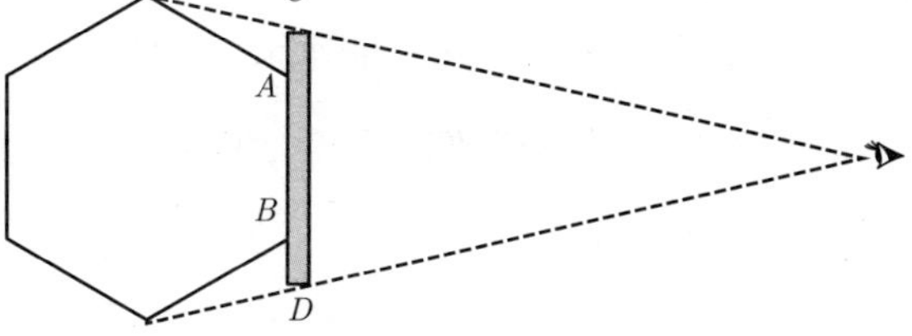

但是，我必须抵抗住诱惑，不再去扩展这些话题了。当我做出以下断言时，你们空间国里最平庸的数学家也会欣然同意我的话：下面要谈到的生活中的种种问题必定具有这样一种性质，它对最有智慧的那些人的角度感要求极高，并充分证明了在著名的文特布里奇大学里，博学多才的几何学教授，不管是静态几何的还是动态几何的，得到丰富资助是合情合理的。因此在这所大学里，视觉辨认的科学和艺术也是由国家精英构成的那些大班里的常规教学内容。而那些受过良好教育的人遇到的那些种种问题的情形是，当这些人自己(比如说在舞厅里或学术座谈会上)在运动、在旋转、在前进或在后退的同时，还要试图通过视觉辨别出许多向着不同方向运动的高阶多边形。

只有我们最高贵、最富有的家族的少数后代，才有能力拿出必要的时间和金钱，全身心地投入这项高贵且有价值的艺术。我是一名地位不俗的数学家，又有两个极有前途的、极完美规则的正六边形孙子。然而即使对我来说，当我置身于一群高级的、正在旋转的多边形中间时，偶尔也会感到不知所措。当然，对于一名普通的商人或农奴来说，这样的景象几乎是不可理解的。我的读者，如果你突然被运送到我们的国家，你对于这一景象也同样会感到难以理解。

在这样一大群人中，你在四周能看到的只有一条线段，它看起来是笔直的，但各个部分会不断地发生不规则的明暗变化。即使你已经在大学里修完了关于五边形阶级和六边形阶级的第三年课程，并且完美地掌握了这一科目的理论，但你仍然会发现还需要多年积累的经验，才能在上流社会的拥挤人群中移动而不会挤撞到比你更上层的人。要求“触摸”他们可是违反礼仪的。他们以其优越的文化和教养，对你的一举一动了如指掌，而你对他们的举止却所知甚少或一无所知。总之，要在多边形社会中举止得体，你自己就得是一个多边形。这至少是我经历过的惨痛教训。

视觉辨认的艺术——或者我几乎可以称之为本能——由视觉的经常实践以及由为了避免“触摸”的习惯而能发展到这样的程度，这是令人惊讶的。正如你们的聋哑人一旦被允许比画和使用手语字母，就绝不会再去学会更困难但更有价值的唇语和读唇艺术，我们在“看”和“触摸”方面也是如此。在早期生活中诉诸“触摸”的人，都永远学不会完美地“看”。

出于这一原因，在我们的上层阶级中不鼓励或绝对禁止“触摸”。他们的孩子还在摇篮里时就被送到高级私立书院，而不是去公立小学(那里教授的是触摸的艺术）。在我们那所著名的大学里,“触摸”被视为一个极其严重的错误，初犯就会被暂时停学，而再犯就会被开除学籍。

但是在下层阶级中，视觉辨认艺术被认为是一种无法企及的奢侈品。一位普通的商人是负担不起让他儿子把三分之一的生命花在抽象研究上的。因此，穷人家的孩子从小就允许“触摸”，因此他们比较早熟，并且年少时充满了活力。一开始，这与多边形阶级的那些半知半解的年轻人所特有的呆滞的、尚未发育成熟的、无精打采的行为对比之下，就显得十分有利。但是，当后者最终完成了大学课程，准备好把理论付诸实践时，他们身上发生的变化几乎可以被描述为一次新生。在艺术、科学和社会追求的每一个方面，他们都迅速地超越了他们的三角形竞争对手，并拉开了距离。

只有少数多边形阶级未能通过最后的测试或大学毕业考试。这些少数失败者的情况真是可怜。他们既受到上层社会的排斥，又被下层阶级鄙视。他们既没有多边形文学学士和硕士那种通过成熟和系统的训练而获得的能力，也没有年轻商人与生俱来的早慧和精明善变的多面性。专业工作和公职对他们都大门紧闭。虽然大多数州实际上并没有禁止他们结婚，但他们在组建合适的婚姻关系方面遇到了极大的困难。因为经验表明，这种不幸的、天赋不佳的父母所生的孩子，即使不是绝对不规则的，其本身通常也是不幸的。

历朝历代的大动乱和暴动，其领袖通常正是从我们的贵族中这些被废弃的样本中产生的。这种灾祸如此之大，以至于越来越多的进步政治家(尽管他们仍是少数派)认为，真正的仁慈应该是下令将他们全部消灭。凡是未能通过大学毕业考试的，应该要么被判处终身监禁，要么以一种没有痛苦的死亡方式将其处决。

不过，我发现自己已经扯到了不规则形状的主题上。这个问题事关重大，需要占用一节篇幅另行讨论。

# 7 关于不规则图形

前文中我一直在假设——也许本应该一开始就把下述内容指定为一个独特而基本的命题——平面国里的每一个人都是一个规则图形，也就是说，都具有规则的结构。这样说是指：女人不仅是一条线段，而且是一条直线段；工匠或士兵必须有相等的两条边；商人必须有三条边相等；律师（我本人就是这个阶级中的一个卑微的成员）必须有四条边相等；而且一般而言，每个多边形的所有边都必须相等。

各边的长度当然取决于个人的年龄。一个女性出生时大约1英寸长，而一位高个成年女性可能会延伸到1英尺长。至于每个阶级中的男性，大致可以说，一个成年人的各边长度加起来有3英尺或稍长一点。但是我们的各边长度则不在考虑之中，我说的各边都是相等的。不需要太多的思考就可以看出，平面国中的整个社会生活都以这样一个基本事实为依据：即大自然希望所有图形都具有相等的各边。

如果我们的各边不相等，那么我们的各个角也不相等。为了确定某人的形状，单凭对一个角的充分触摸或视觉估计就不够了，必须通过触觉来确定每个角。但生命如此短暂，不能浪费在如此冗长乏味的摸索上。所有关于视觉辨认的科学和艺术都会立刻消亡；触觉，虽然目前作为一门艺术，但也不会长久存在；交往会变得危险或不可能；所有的信心、所有的深谋远虑都将终结；即使是最简单的社交安排，也没有人会是安全的；总而言之，文明将倒退回野蛮状态。

我是不是讲得太快，以至于没能带领我的读者明白这些显而易见的结论？无疑，只要经过片刻的思考，只需一个来自日常生活的实例，就必定会使所有人确信，我们的整个社会体系是建立在规则性或角度相等这一基础之上的。例如，你在街上遇到了两三个商人，你只是瞥一眼他们的角度和快速变暗的边，就辨认出他们是商人。于是你邀请他们到家里吃午饭。你现在这么做是非常有把握的，因为每个人都知道一个成年三角形所占据的面积，精确到1英寸或2英寸。但是请想象一下，假如一个商人在他规则的、体面的顶点后面还拖着一个对角线长度为12或13英寸的平行四边形。对于这样一个牢牢卡在你家门口的怪物，你要拿他怎么办呢？

不过，我所堆积的这些细节，对于居住在空间国中享有其有利地位的每一个人来说，必定是显而易见的，因此我这是有渎我的读者的智力了。显然，在这种奇特的情况下，只测量一个角是不够的。每个人都要耗尽终生的时间去触摸或测量他所认识的人的周长。即使是一个受过良好教育的正方形，要在人群中避免碰撞所带来的种种难事也已经足以令他绞尽脑汁。但是，如果没人能计算出聚在一起的一群图形之中每个的规则性，那么一切就会混乱不堪，稍有惊慌就会造成严重伤害。或者如果不巧有妇女或士兵在场的话，也许还会导致许多人丧命。

因此，大自然既然盖下了批准构型规律性之章，那么权宜之计就是与之一致，而法律的支持努力也没有落后。“图形的不规则性”对于我们来说，相当于或更甚于对你们而言的既在道德上不正直，又犯有罪行，因此会得到相应的论处。诚然，不乏悖论散播者坚持认为，几何上的不规则与道德上的不规范之间没有必然的联系。他们说:“不规则图形自出生起就被自己的父母监视，被自己的兄弟姐妹嘲笑，被家里的佣人们忽视，被社会蔑视和怀疑，被排除在所有需要责任心、需要信赖的以及实用的岗位之外。他的一举一动都受到警方的严密监视，直到他成年并自己去接受检查为止。然后，如果检查发现他超出了规定的偏差范围，他就会被杀死。如果没有超出，他就会被关在政府办公室里做七级职员。他不许结婚，被迫在无趣的岗位上做苦力，以获取少得可怜的酬劳。他不得不在办公室里吃住，甚至休假时也处在严密的监管之下。人类的天性，即使是最善良最纯洁的，也会在这样的环境下受到扭曲和摧残，这还有什么可惊讶的呢！”

我们的祖先所制定的一条政策公理表明，容忍不规则的存在与国家安全是不相容的。这些悖论散播者提出的所有这些看似合理的理由并没有令我相信我们的祖先做错了，正如它也没有使我们最聪明的政治家们信服这一点。毫无疑问，不规则图形的生活是艰难的，但是为了多数人的利益，他们必须如此。如果允许一个有着三角形正面和多边形背面的人存活，并繁衍出一个更加不规则的后代，那么生活的各种艺术将会变成什么样子呢？难道要改造平面国中的房屋、门和教堂来适应这些怪物吗？我们的验票员是不是必须先测量每个人的周长，然后才允许他进入剧院，或者进入演讲厅坐上他的座位？不规则图形可以免于参加民兵吗？如果不可以，又该如何防止他把灾祸带进他的战友队伍？此外，缺衣少食必定会困扰这样一个怪物，使他受到不可抗拒的诱惑，去干那些招摇撞骗的罪恶勾当！对他来说，以他的多边形作为向前的一面走进一家店铺，从一位轻信的商人那里定购无论多少货物，这是多么容易啊！让那些倡导所谓慈善事业的虚假东西的人们竭力地去为废除不规则刑法而申辩吧。就我而言，我所认识的每一个不规则图形，显然都是自然界所期望的样子：他们是伪君子、厌恶人类者，并且在尽其所能地无恶不作。

这并不是说我(目前)倾向于称颂某些州所采取的那些极端措施。在这些州，只要一个婴儿的角度与正确的角度偏离半度，就会在出生时被立即处死。我们的一些最高水平的、最能干的人，真正的天才，他们在最初的岁月里曾在45′甚至更大的偏差下工作。倘若他们失去了宝贵的生命，就会对国家造成不可弥补的损害。治疗的艺术也已取得了一些最辉煌的胜利，其中包括压缩、延展、钻孔、捆扎和其他一些外科手术或食疗方法，由此不规则性已部分或全部治愈。因此我提倡推行一种折中之道：不设置固定的或绝对的界限，但是在不规则形后代的体格刚要开始定形，而医学委员会又报告说没有治愈可能时，我会建议对这个后代以没有痛苦的、仁慈的方式予以清除。

# 论古代的上色艺术

# 8

只要我的读者们到现在为止一直在认真专心地倾听我的叙述，那么当他们听到在平面国中的生活有些枯燥时，就不会感到惊讶了。当然，我的意思并不是说没有战争、阴谋、动乱、派系斗争和所有那些认为应使历史有趣的其他现象。我也不会否认，生活中的各种问题和数学上的各样问题奇怪地混合在一起，使人不断产生各种猜想，并且给出了立即加以验证的机会，这就为我们的生活赋予了一种你在空间国很难领会的风情。当我现在说我们的生活枯燥乏味时，是从美学和艺术的观点来说的。就美学和艺术的角度来说，确实非常枯燥乏味。

如果一个人看到的所有景色、所有的山山水水、历史遗迹、肖像、花卉、静物，都只是一条线段，除了明亮和昏暗程度以外，没有任何别的变化，那怎么可能会不枯燥乏味呢？

事情并不总是这样。如果传说是真的话，颜色在六个多世纪的持续时间里一度曾为我们远古祖先的生活带来过短暂的光彩。据说，某个不愿公开身份的人——一个名字众说纷纭的五边形——偶然发现了那些较简单颜色的组成成分以及一种基本的绘画方法。据说他最初给他的房子染了色，然后是他的奴隶，然后是他的父亲、他的儿孙们，最终给他自己染了色。这样造成的结果既方便又美观，因而受到了大家的赞扬。无论这位“染色大师”（Chromatistes）——那些最值得信赖的权威们都一致这样称呼他的——在哪里转动他那五彩斑斓的形体，就会立刻引起人们的注意，获得人们的尊敬。现在没有人需要“触摸”他，也没有人把他的前面误认为是他的后面。他的一举一动，邻居们都一目了然，丝毫不需要费脑力去计算。没有人会挤撞到他，也没有人会挡住他的去路。这就使他的嗓子免于精疲力竭的发声之苦，而现在当我们这些无色的正方形和五边形在一群无知的等腰三角形中间移动时，却常常不得不大喊大嚷地声明我们的个人特征。

这种时尚像野火一般地蔓延开来。不出一个星期，这个地区中的每个正方形和三角形都已模仿了染色大师的做法，只有少数比较保守的五边形仍然故步自封。一两个月后，甚至十二边形们也传染上了这种创新做法。不到一年，这种习惯就已扩散到了所有的人身上，只有贵族中的最高阶层除外。不消说，这种习俗很快就从染色大师所在的地区传到了周边区域。在不到两代人的时间里，除了妇女和教士之外，整个平面国已经找不出一个没有染过色的人。

在这里，大自然本身似乎筑起了一道屏障，阻止将这种创新扩展到妇女和教士这两个阶级。对于革新者们而言，多边性几乎是一个必不可少的托词。“自然界既然认定了边的区别，那就意味着要有颜色上的区别。”这就是当时口口相传的诡辩，一度使各地城镇都归顺于这种新文化。但这句箴言显然不适用于我们的教士和妇女。妇女只有一条边，因此按复数上讲，以及按学究的方式来说，她们**没有边**。教士们（至少他们声称自己是真正的圆，而不仅仅是有无限多条无限短边的高等级多边形）习惯于吹嘘（而这正是女人们坦承且哀叹着的）他们也没有边，而是有幸拥有由一条线构成的周界，或者说，拥有一条周长。因此，实际发生的情况是：这两个阶级是不可能在“边的区别意味着颜色的区别”这条所谓的自明之理中看到任何确切意义的。当其他所有人都向身体装饰的魅力缴械投降时，只有教士和妇女们免于被染色而仍然洁身自好。

不道德的、放纵的、无政府的、不科学的，你愿意用什么名字来称呼它们都可以。然而从美学的角度来看，那些颜色反叛的古老时期是平面国的光辉艺术童年。可惜啊，那是一个从未长大成熟，甚至从未达到青春繁盛时期的童年。那个时候，活着本身就是一件乐事，因为活着就意味着看见。即使是在一次小型聚会上，看到周围的人也令人愉悦。据说，在教堂或剧院里人群聚集时，事实不止一次证明，即使对于我们最伟大的导师和演员们而言，人群的色彩也过于丰富，以至于令他们分心。但据说最令人陶醉的是阅兵式的那种难以言表的壮丽。

阅兵式上出现的景象是：由两万个等腰三角形组成的战队突然转身，把他们底边的暗黑色换成了夹着锐角的两边的橙色和紫色；由红、白、蓝三色的等边三角形组成的民兵；淡紫色、深蓝色、橙黄色、熟褐色的正方形炮兵在他们的朱红色大炮附近快速旋转；五色的五边形和六色的六边形飞速通过阅兵区域，他们的职业包括外科医生、几何学家和副官。所有这些很可能已经足以使下面这个著名的趣闻显得可信。故事讲的是一个杰出的圆如何被他所指挥的军队的艺术之美征服，把他的元帅指挥节杖和冠冕扔到一边，大声叫嚷着从此要将它们换成艺术家的画笔。那个时期的感官必定发生了极为重大和辉煌的发展，当时的语言和词汇在一定程度上表明了这一点。在颜色反叛时期，就连最普通的公民所说的最普通的话，似乎都充盈着更丰富的文字或思想色彩。甚至到现在，我们仍然要感激那个时代，带给我们最好的诗歌，以及任何仍保留在现代更为科学的话语中的韵律。

# 论人人有颜色法案

# ⑨

然而，其时各项需要智力的艺术正在迅速衰落。

由于人们不再需要视觉辨认的艺术，因此不再练习。几何、静力学、动力学和其他类似学科的研究很快就被认为是多余的，甚至在我们大学里也受不到尊重，并遭到忽视。低级的触摸艺术很快也在我们的小学里遭遇了同样的命运。然后等腰三角形阶级声称，由于学校不再使用也不再需要角度顺序的标本了，因此拒绝像惯常的那样为教育服务再献上罪犯阶级贡品。这些人卸下了从前的负担而省下了精力，他们每天都在变得越来越多、越来越张狂。因为这些负担以前曾经发挥过双重有益的效用：既驯服了他们的野蛮本性，又限制了他们的数量过多。

一年又一年，士兵和工匠开始更加激烈地主张——而且说得越来越像真有其事——既然他们已经提升到了一个与最高的多边形阶级平等的地位，并且能够通过简单的颜色辨认过程解决所有的困难和努力克服所有的生活问题，无论是静态的情况还是动态的情况都是如此，那么他们与那些多边形之间就没有太大区别了。他们对视觉辨认遭到自然而然的忽视并不满足，于是开始大胆要求从法律上禁止一切“垄断的和贵族的艺术”，并在逻辑上一致地要求废止一切用于视觉辨认、数学和触摸研究的资助。不久，他们开始坚持认为，鉴于颜色这一第二性征已经消除了对贵族区分的需要，那么法律也应该沿着同样的道路前进。因此，他们认为所有的个人和所有的阶级都应该被认为是绝对平等的，并有权享有平等的权利。

革命领袖们发现上层阶级在犹豫不定，于是他们的要求就不断加码，最后要求所有阶级，教士和妇女也包括在内，同样都应该效忠于颜色，顺从地被染上颜色。当有人提出教士和妇女没有边作为反对的理由时，他们就反驳道，每个人的前半部分（也就是包括眼睛和嘴的那一半）应该和后半部分是有区别的，在这一点上大自然和自身利害考虑是一致的。因此，他们把一项法案提交到了平面国各州的全体特别大会，要求每个妇女有眼睛和嘴的那一半应该染成红色，另一半则应该染成绿色。教士们也要以同样的方式染色，将以眼睛和嘴为中点的那个半圆染成红色，而将另一半或者说后面的那个半圆染成绿色。

这项提议不乏狡猾之处，它的确不是来源于任何等腰三角形，因为没有一个如此低贱的人会有足够的多角性去领会这一点，更不用说去设计这样一个治国模式了。它来源于一个不规则的圆，这个圆没有在幼时就被处决，而是由于一次愚蠢的纵容而被保留了下来，从而给他的国家带来了灾祸，并毁了他的无数信徒。

一方面，这个提议蓄意让所有阶层的女性都站到颜色改革的一边。分配给女性的两种颜色与分配给教士的两种颜色相同，这样革命者就确保了在某些特定的位置看来，每个女人都会像一位教士，并受到相应的尊重和敬意，这一前景不可能不对大量的女性有吸引力。

但是，我的一些读者也许不会认可教士和妇女在这种新法规下就可能有完全一样的外貌了。如果是这样的话，用一两句话就能说明问题。

想象一下，有一位妇女按照新法规经过适当的装饰后，前半部分（也就是包括眼睛和嘴的那一半）是红色的，后半部分是绿色的。当你从一侧看她时，显然会看到一条**半红半绿**的线段。

现在想象有一位教士，他的嘴在$M$处，因此他的前半个圆（$AMB$）被染成红色，而他的后半个圆是绿色的，因此直径$AB$分隔了绿色和红色。如果你现在凝视这位伟人，使你的眼睛与他的分隔直径（$AB$）在同一直线上，那么你看到的会是一条直线段（$CBD$），其中**一半**（$CB$）**会是红色的**，**另一半**（$BD$）**会是绿色的**。整条线段（$CD$）也许会比一位大个儿妇女的线段要短得多，而且向两端变暗的速度会更快。但是颜色相同会给你阶级相同的直接印象，而使你忽略其他各种细节。请记住，在颜色反叛时期，视觉辨认能力的退化曾对社会构成了威胁。再加上可以肯定的一点是，妇女们很快就会学会把两端遮起来，这样就可以模仿圆。那么，我亲爱的读者，你现在一定很清楚了，颜色法案会使我们分不清教士和年轻女人，这就使我们处于巨大的危险之中。

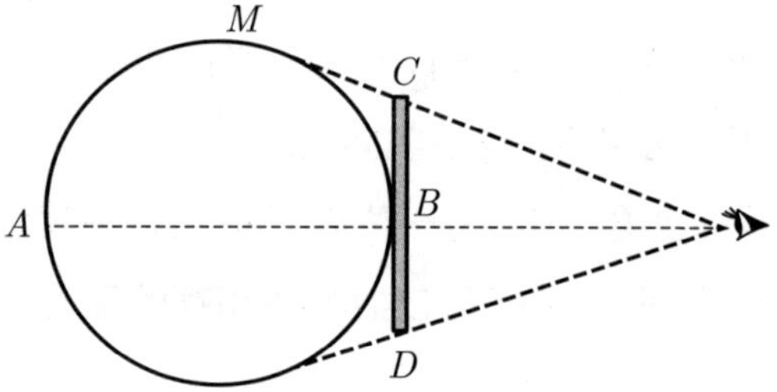

我们很容易想象这一前景对于女性这一弱势性别必定有着巨大的吸引力。她们高兴地期望着随之而来的混乱。在家里，她们可能会听到一些政治上的和教会中的秘密，这些本不是给她们听的，而是给她们的丈夫和兄弟们听的。在家里，她们甚至可能以教士的名义发布命令。在外面，不加任何其他颜色的红绿惊人组合，必然会导致普通人没完没了地犯错。在路人的敬意下，妇女会得到圆所失去的一切。至于倘若把妇女的轻浮和不体面的行为嫁祸于圆形阶级，而由此降临到他们头上的丑闻，以及由此而导致的对体制的颠覆，这些就不能指望女性去考虑了。即使在圆的家庭里，妇女们也都赞成人人有颜色法案。

该法案的第二个目标是使圆本身逐渐士气低落。在民众普遍智力退化的情况下，他们仍然保持着原来的纯粹的清晰和理解力。这些贵族从儿时起就在他们的圆形家庭中习惯了完全没有颜色的环境，从而只有他们保留了神圣的视觉辨认艺术，以及这种令人钦佩的智力训练所带来的所有好处。因此，直到人人有颜色法案出台之前，这些圆不仅坚守了他们自己的阵地，甚至还由于禁绝流行时尚而提高了他们在其他阶级中的领先地位。

我在上文中将那个诡计多端的不规则图形描述为这一邪恶法案的真正始作俑者。他迫使这些圆屈服于颜色的污染，同时摧毁了他们在国内接受视觉辨认艺术培训的机会，以至于剥夺了他们的纯净无色的家园，从而使他们的智力减弱。这样，他就下定决心使等级制度的法律地位降低。一旦受到颜色的污染，每一个圆形父母和每一个圆形孩子都会互相影响而意志消沉。只有在区分父亲和母亲的过程中，圆形婴儿才会发现他在运用判断能力时遇到的种种问题——这些问题往往很可能由于母亲一方的冒名顶替而恶化，而其结果是动摇了孩子对一切合乎逻辑的结论的信念。这样，教士等级在智力上的光辉就会逐渐暗淡下去，通向彻底摧毁所有贵族立法机构和颠覆我们所有的特权阶级的道路于是就会敞开了。

# 论镇压颜色反叛 ⑩

关于人人有颜色法案的躁动持续了三年，直到那个时期的最后一刻，似乎无政府主义注定要取得胜利了。

最后多边形以士兵的身份投入了战斗，他们组建了一整支军队，却被更强大的等腰三角形军队彻底歼灭。在此期间，正方形和五边形一直是保持中立的。更糟糕的是，一些最有能力的圆成了夫妻之间暴力的牺牲品。许多贵族家庭的妻子们被政治仇恨所激怒，她们不断祈求，以此企图令她们的丈夫感到疲倦，从而放弃反对颜色法案。其中一些妻子在发现乞求无果的情况下，扑上去杀死了她们无辜的孩子和丈夫，而她们自己也在杀戮中死去。据记载，在这场持续三年的动乱中，至少有23个圆死于家庭纠纷。

那场危机确实十分严重。教士们似乎只能要么服从，要么被消灭，此外别无选择。正在此时，事态发展的进程突然由于一个独特的事件而完全改变了。政治家们从不应忽视这样的事件，而应经常预料到它们的发生，有时甚至还应该引发这样的事件。因为这些事件会以无理性地超过正常范围的巨大能量唤起民众的同情。

当时恰巧有一个低级类型的等腰三角形，他的大脑就算大于4°，也大不了多少。他抢劫了某个商人的店铺，并意外地被店里的颜色染成了十二边形的12个颜色。至于是他自己染的，还是不小心被染上的，各种说法不一。他走进市场，用假装的声音和一位少女搭讪。她是一个高贵的多边形的孤女，这个等腰三角形从前曾徒劳地追求过她。经过一系列欺骗，他成功地娶到了那位少女。这一方面是由于一连串幸运机遇的帮助(这些故事实在太长，无法在此叙述)，另一方面也是由于少女的亲属们所表现出来的几乎难以置信的愚昧，并且放松了一般的警惕心。那个不幸的女孩一发现自己所受的欺骗，就立即自尽了。

这一惨案的消息从一个州传到另一个州，妇女们的情绪都被剧烈地煽动起来了。她们同情这位不幸的受害者，又想到她们自己、她们的姐妹和她们的女儿今后也可能受到类似的欺骗，这使她们现在对颜色法案产生了全新的看法。不少妇女公开表示自己转向敌对一方，其余人只需受到轻微的挑动就会做出类似的声明。圆们抓住这一有利的机会，急忙召集起各州召开了一次特别会议。除了通常由囚犯组成的警卫队到场外，他们还弄来了大批极端保守主义的妇女参加。

在这场空前的集会上，那个时代的首领圆——他的名字叫正圆（Pantocyclus）——站了起来，他发现自己周围有12万等腰三角形在发出嘘声和尖叫。但是他宣布，从此以后，所有圆将开始考虑一个让步政策，于是大家便安静了下来。他进而宣布，所有圆会服从多数人的意愿，接受颜色法案。喧嚣立刻变成了掌声，他邀请叛乱的领袖染色大师到大厅中央，代表他的所有追随者接受等级集团的投降。接下来，正圆发表了一篇演讲，这是一篇修辞学上的杰作，演讲持续了将近一天，任何概述都不能精确地再现其妙处。

他以严肃公正的语气宣布，既然他们现在最终做出保证要进行改革或创新了，那么他们最好再最后完整审视一遍整个问题的方方面面，即其缺点和优点。作为开头，他逐步向商人、职业阶层和绅士们提出了种种危险。他提醒等腰三角形们，尽管有这些缺陷，但是只要多数人赞同，他就愿意接受这一法案，这就平息了等腰三角形们不断提高的咕哝声。但是很明显，除了等腰三角形以外，所有人都被他的话打动了，他们要么保持中立，要么反对这项法案。

然后他转向工人们，声称他们的利益绝不可忽视，而且如果他们打算接受颜色法案，那么他们至少应该在充分考虑到后果的情况下再这样做。他说，他们中有许多人即将被接纳为正三角形的一员，另一些人则期待他们的孩子会获得他们自己无法企及的荣誉。现在这一值得尊敬的抱负必须被牺牲掉了。随着颜色的普遍采用，一切差别将不复存在，规则性会与不规则性相混淆，发展会让位于倒退。工人经过几代就会降级到军人等级，甚至沦为罪犯阶级。政治权力将掌握在人数最多的罪犯阶级手中。罪犯阶级的人数已经超过了工人，而且一旦违反了通常的自然补偿法则，他们的人数很快就会超过所有其他阶级人数的总和。

一阵表示同意的窃窃私语传遍了工匠们的队伍，染色大师惊慌地试图走上前去与他们交谈。但他发现自己被警卫队团团围住了，因此不得不保持沉默。与此同时，正圆用几句慷慨激昂的话向妇女们发出了最后的呼吁。他大声疾呼，如果颜色法案得以通过，那么今后就不会有安全的婚姻，妇女的任何荣誉也不会得到保障。诡计、欺骗、虚伪将弥漫在每一个家庭。家庭幸福的命运将和体制一样，迅速走向灭亡。他大声叫嚷道："死亡会比这一切来得更快。"

这些话是预先商定好的行动信号，等边三角形警卫们一听到这些话，便一拥而上，刺穿了可怜的染色大师。那些规则形阶级开始散开队列，为一群妇女开路，而这些妇女在圆们的指挥下，以后端向前，于无形中准确无误地向毫无察觉的士兵们移动。工匠们则仿效比他们高的等级，也散开了队列。与此同时，一群群警卫组成了一个不可逾越的方阵，占领了每一个入口。

这场战斗，或者更确切地说，是一场大屠杀，只持续了很短的时间。在圆们的巧妙指挥下，几乎每个女人的冲锋陷阵都是致命的，而且许多女人毫发无损地拔出了她们的尖刺，准备再进行一次屠杀。但实际上并不需要第二次打击，余下的事都是这帮等腰三角形的乌合之众自己干的。他们吃了一惊，又失去了领袖，前方受到看不见的敌人的袭击，后方又被警卫们切断了退路，于是他们立刻暴露了本性，失去了所有的理智，举手高呼“叛变”。这就注定了他们的命运。每一个等腰三角形现在都相互视为敌人。半小时后，这一大群等腰三角形中没有一个还活着，14万被彼此的尖角杀死的罪犯阶级残骸证实阶级秩序赢得了胜利。

这些圆毫不耽搁，要把他们的胜利推进到底。他们宽恕了工人，但抽杀了其中的十分之一。他们立即召集起等边三角形民兵。每一个有合理理由被怀疑不规则的三角形，没有经过社会委员会的正式精确测量程序，就被军事法庭消灭了。军队和工匠阶层的家在长达一年的巡查中遭到检查。在此期间，每个城镇、村庄和农庄都有计划有步骤地清除了过剩的低层阶级，这是由于忽视为中小学和大学贡献罪犯标本，以及违反平面国体制的其他自然法则而造成的。这样，各阶级的均衡又恢复了。

不用说，从此以后，使用颜色就被完全废除了，拥有颜色遭到禁止。除了圆或合格的科学教师之外，即使说出任何表示颜色的词，都会受到严厉的惩罚。据悉，只有在我们的大学里，在一些我从未有幸参加过的最高级、最深奥的课程中，才允许为了说明一些更深层次的数学问题而有节制地使用颜色，而这被认为是理所当然的。不过关于这一点，我只能是道听途说。

在平面国的其他地方，如今已不存在颜色了。只有一个在世的人知道制造颜色的艺术，目前这个人就是首领圆。他在临终前将这独门艺术传给他的继承者，除此之外别无他人。只有一家工厂生产颜色，并且为了防止秘密泄露，每年都会把工人全部处决，然后招纳新的工人。即使到现在，每当我们的贵族阶层回想起那个煽动人人有颜色法案的遥远时代时，他们仍然感到心惊肉跳。

# 关于我们的教士 ⑪

以上都只不过是关于平面国风土人情的简短而散乱的随笔而已，现在该是过渡到本书中心大事的时候了，我要开始进入空间的奥秘了。这才是我的主题，前面的所有内容都只是序言。

出于这个原因，我必须略去许多事情，我自以为读者不会对这些事情的解释毫无兴趣。例如，我们没有脚，怎么能前进和停止；我们当然既没有手，也不能像你们那样打地基，也不能利用地球的侧压力，又怎么能去保障木结构、石结构或砖结构的稳定性；雨如何在我们各个地区之间的间隔中产生，这样北方地区才不会挡住水分，使它们无法落到南方地区；我们的山丘和矿产、我们的树木和蔬菜、我们的季节和收成，这些东西具有怎样的性质；我们的全部字母，以及我们的书写方法如何与线性的写字板相适应。我必须略过这些以及其他上百个关于我们自身存在的细节，我现在也不会提及它们，除了向我的读者表明，遗漏它们并非出于作者的健忘，而是为了尊重读者的时间。

不过，在进入我打算讲述的主题之前，读者无疑会期望我对一个阶级最后再说几句。他们是平面国体制的栋梁和支柱，是我们行为的控制者和我们命运的塑造者，是受到人人敬爱和几近崇拜的对象：还用我说我指的是我们的圆或教士吗？

当我称他们为教士的时候，不要以为我的意思至多相当于你们说到这个词时的意思。在我们这里，教士是所有商务、艺术和科学的管理者。他们是贸易、商业、用兵、建筑、工程、教育、政治、立法、道德、神学的总指挥。他们自己不做任何事，但他们是其他人所做的一切值得做的事情的起因。

虽然大家普遍所谓的圆被认为是一个圆，但在受过较好教育的阶层中，人们知道，没有任何一个圆是真正的圆，而只是一个有着大量非常短的边的多边形。随着一个多边形的边数增加，他就会越来越接近一个圆。而且，当边数确实非常多（比如说三四百）的时候，即使是最敏锐的触摸也极难感觉出任何多边形的角。让我更确切地来说明为什么这**会**是很困难的：因为正如我上文所指出的，在最高等级的社会里，通过触摸来辨认是不存在的，何况去**触摸**一个圆会被认为是一种极为胆大妄为的侮辱。上流社会中的这种禁绝触摸的习惯，使圆能够更容易维持住其神秘的面纱。他从幼时起便习惯于用这层面纱包住他的周界或圆周的确切属性。由于3英尺是平均周长，由此得出对于一个由300条边构成的多边形而言，每条边的长度不会超过1英尺的百分之一，或者说比1英寸的十分之一略长一点点。而对于一个有六七百条边的多边形而言，这些边的长度只比空间国的一个针头的直径大一点点。出于礼貌，人们总是假定目前的首领圆有1万条边。

根据限定了每一代只能增加一条边的那条自然法则，正如在较低的规则形阶级中一样，圆的后代在社会等级中的上升是不受限制的。如果是这样的话，那么一个圆的边数将仅仅是一个由出身谱系和算术演算来解答的问题，如一个等边三角形的第497代必然是一个有500条边的多边形。但事实并非如此。自然法则规定了影响圆增殖的两条对抗性的法则。第一，随着种族在发展等级上攀升得越高，其边数的增长将以一个加速的步伐进行。第二，种族的繁殖能力将以同样的比例减弱。因此，在一个有四五百条边的多边形的家里，是很难找到一个儿子的，而多于一个儿子的情况更是从来没有发生过。另一方面，大家都知道，一个有500条边的多边形，他的儿子会有550条边，甚至600条边。

技术也介入进来，帮助更高层次的进化过程。我们的医生发现，可以使较高阶级多边形婴儿的脆弱短边断成两截，从而重新设定他的整个框架。这个过程如此精确，以至于一个有两三百条边的多边形有时——并不总是，因为这个过程伴有严重的风险——但有时会跳过两三百代，在某种程度上可以说他的祖先的边数和血统高贵程度都一下子倍增了。

许多有前途的孩子就是这样被牺牲的。活下来的人几乎不到十分之一。然而，那些本身可以说就已接近圆形阶级边缘的多边形，父母们的野心是如此强烈，以至于社会上处于这样一种地位的贵族，几乎都不会坐失将他的长子在未满一个月时送进圆形新疗法馆的良机。

决定成败的时间是一年。到这段时间结束，十有八九这个孩子在挤满新疗法墓地的墓碑中又新添了一块。但是也有极少数情况，会有一支喜气洋洋的队伍把这个孩子送回到欣喜若狂的父母身边。此时他已不再是一个多边形，而是一个圆了，至少出于礼貌来说是这样。只要有一个这样的幸运例子，就足以导致大量多边形父母甘受那些类似的，但有着不同结局的家庭牺牲。

# 论我们的教士们的教旨

⑫

至于圆的教旨，可以简单地概括为一句格言：“关注你的形体。”无论是政治的、教会的，还是道德的，他们所有的教导都以改善个人和集体的形体为目标——当然，特别要提到的是圆的形体，所有其他的目标都处于从属地位。

圆的一大功绩是有效地压制了那些导致人们浪费精力和同情心的古老异端邪说，这些说法认为举止品行取决于意志、努力、训练、鼓励、赞扬或其他任何东西，而不是取决于形体。正是正圆——上文提到过的这位杰出的圆，是他平息了颜色反叛——首先使人类确信，是形体造就了人。打个比方，如果你生下来就是一个有两条边长不相等的等腰三角形，那么你一定会出问题，除非你把这两条边弄得相等，为此你就必须去等腰三角形医院。同样，如果你是一个三角形、正方形，甚至是一个多边形，而先天有任何不规则之处，那么人们就必须把你送到一家规则形医院去治好你的病，否则你将在州监狱度过余生，或者死在州刽子手的尖角之下。

正圆认为，所有的错误或缺陷，从最轻微的不当行为到最恶劣的罪行，都是由身体形状对完全规则性的某些偏离引起的。导致这些偏离的，如果不是先天因素，那么还可能有下列原因：人群中的某次碰撞；忽视锻炼，或锻炼过度；甚至由于温度的突然变化，导致形体的某些过于敏感的部分发生了收缩或膨胀。因此，这位杰出的哲学家得出结论，若要做出一个持重的判断，则无论是去赞美还是责怪，都不能以无论是好的行为还是坏的行为作为正当的根据。比如说，当一个正方形忠实地维护他的委托人的利益时，你为什么要称赞他的正直呢？实际上你此时应该称赞他的直角的精确性才是。或者同样地，为什么要去责备一个撒谎的、偷窃成癖的等腰三角形呢？你更应该为他两边无可补救的不等性而哀叹。

从理论上来说，这一教旨是不容置疑的，但它也有着实际的缺陷。在你与等腰三角形打交道时，如果一个无赖以这样的借口恳求：他是由于两边不齐而忍不住去偷窃的，那么你回答道，正是出于这个原因，因为他忍不住要成为一个令邻里讨厌的人，因此你作为法官也就忍不住要宣判将他处决——于是事情就这样了结了。但在那些较小的家庭纠纷中，处决或死刑都是不可能的，于是这种形体理论有时应用起来就不顺手了。我自己的一个六边形孙子偶尔会为他的不听话辩解，他的借口是温度的突然变化对他的周界影响太大了，我不应该责怪他，而是应该责怪他的形体，还说只有丰盛的最上等甜品才能强化他的形体。我必须承认，对于他的这些结论，这时我既看不出如何从逻辑上去驳回，也无法实际上接受。

就我个人而言，我觉得最好是做以下设想：良好的、健康的责骂或惩罚会对我孙子的形体产生一些潜在的加强作用。虽然我承认，这种想法是没有依据的。无论如何，并非只有我一个人在以这种方法从这种进退两难的困境中解脱出来。因为我发现，许多最高阶层的圆，他们作为法庭上的法官时，对规则图形和不规则图形也会有赞扬，有责备。我的经验告诉我，他们在家里，当他们责骂孩子而说到“对”或“错”时充满着激情，就好像他们相信这些名字代表着真实的存在，相信一个图形真的有能力在对错之间做出选择。

圆始终如一地执行着使每个头脑都具有以形体为主导思想的政策，颠覆了空间国中调节父母与子女关系的那条戒律的本质。在你们那里，孩子们被教导要尊敬父母。在我们这里，人们被教导要尊敬的首要对象是圆，其次是自己的孙子，前提是如果他有孙子的话。如果没有孙子，那就要尊敬自己的儿子。不过，“尊敬”绝不意味着“放纵”，而是对他们的最高利益的崇敬。圆们教导他们，父亲的责任是要使自己的利益从属于子孙后代的利益，从而促进整个国家以及他们自己的直系后裔的幸福和安康。

如果一个卑微的正方形敢于提到任何圆形包含任何薄弱点的话，那么在我看来，圆这一体系的弱点似乎在于他们与妇女的关系。

对社会来说，最为重要的应是阻止生育出不规则图形。因此，任何人如果希望自己的后代通过规则程度的提高而在社会等级中上升的话，那么祖上出现过任何不规则图形的妇女都不会是他的合适伴侣。

好，男性的不规则性是一件可以测量的事。但是由于所有女人都是直线段，因此可以说她们看起来都是规则的。于是我们就必须想出别的办法来确定她们可能对其后代造成的潜在不规则性，我可以称之为她们的隐匿的不规则性。这方面的信息是由精心保存着的家谱所提供的，这些家谱是由国家保存和监督的。只有持有经过正式认证过的家谱的女子才允许结婚。

现在可能有人会认为，由于圆以他的祖先为荣，并且十分关心将来的后代中有可能会培育出一个首领圆，因此他会比任何其他人都更谨慎地选择一位家族纹章上没有一点瑕疵的妻子。但事实并非如此。随着社会地位的上升，选择一个规则妻子的顾虑似乎就减少了。如果一个有抱负的等腰三角形希望生出一个等边三角形儿子，那么无论什么都诱惑不了他去娶一个在自己的祖先中有个别不规则形的妻子。一个相信自己的家族正在稳步崛起的正方形或五边形，是不会向上盘问到第500代的。六边形或十六边形更不关心妻子的血统。但是人们已经知道，有一个圆明知故犯地娶了一个有不规则曾祖父的妻子，而这一切都是因为她在光泽上略具优势，或者是因为她有低沉嗓音的魅力——我们甚至比你们更认为这一点是"一个女人的优秀之处"。

正如我们所预料的那样，这种考虑不周的婚姻要么会导致明显的不规则或各边缩短，要么就会完全不育。但迄今为止，所有这些不幸都没有被证明具有足够的威慑力。对于一个高度进化的多边形来说，少掉几条边是不容易注意到的，有时还可以在新疗法馆中通过成功的手术来弥补，正如我在上面所描述的那样。而且圆们也更倾向于将不育默认为是一条高级进化的法则。然而，如果对这种不良风气不加制止的话，圆形阶级的逐渐缩减可能很快就会变得更快。而在不久的将来，当这个种族不再能产生一个首领圆时，平面国的体制就必然会土崩瓦解。

我又想起了另一句警告，虽然我无法那么轻易地提出一个补救办法，而这也涉及我们与女性的关系。大约300年前，首领圆颁布了一项法令：既然妇女在理性上有缺陷，而在情感上却很丰富，那么她们就不应该再被视为理性的人，也不应该再接受任何智力上的教育。其结果是不再教她们阅读，而她们掌握的算术甚至不足以弄清丈夫或孩子的角度。因此，她们的智力每一代都在明显下降。这种女性不受教育或放任自流的体系现在仍然大行其道。

我担心的是，纵然这一政策出于好意，但是已经执行到了对男性造成有害作用的程度。

因为照目前所见的后果是，我们男性必须过一种说两种语言的生活，而我几乎可以说是一种双重精神生活。与女人在一起，我们谈论“爱”“责任”“对”“错”“怜悯”“希望”和其他一些非理性的、情绪化的概念，而这些概念根本就不存在，虚构它们的目的只是为了控制女性的感情过度表现。但是在我们自己之间，在我们的书里，则有着一套完全不同的词汇，我几乎称之为惯用语。于是“爱”变成了“对善举的期待”，“责任”变成了“必要性”或“适合性”，其他的词也相应地变质了。此外，在与女性一起时，我们使用的语言暗示着对她们性别的极大尊重。她们完全相信，我们对首领圆本人的敬爱也并不比对她们更虔诚。但在她们背后，除了非常年轻的人以外，所有人不但认为她们比“没有头脑的生物体”好不了多少，而且也这么说出来了。

在妇女闺房里的教义也完全不同于我们在其他地方的教义。

现在鄙人担心的是，这种语言和思维的双重训练给年轻人带来了太重的负担。尤其三岁时，当他们被带离母亲的照料，并被教导去设法忘记旧的语言(除非在与母亲和乳母沟通时才会重操这种语言)而去学习科学的词汇和惯用语。窃以为，与300年前我们的祖先更为强健的智力相比，我已经觉察到了如今在掌握数学真理方面的一个弱点。我不说下面这种情况可能带来什么危险：万一有一个女人偷偷地学着阅读一本通俗读物，并把她仔细阅读后的收获告诉她的女性朋友。我也不提下面这种可能发生的情况：一个幼小男孩可能由于轻率或违反规定而向母亲泄露逻辑方言的秘密。仅仅基于男性智力正在变弱这一简单的理由，我向最高当局发出这一谦恭的呼吁，请他们重新考虑有关女性教育的条例。

# 第二篇 其他世界

# 2

"啊！美丽的各式新世界，

有这样的人们在里头！"[1]

1 原文是"O brave new worlds, that have such people in them!"出自莎士比亚的《暴风雨》(*The Tempest*)第5幕第1场中的台词"O brave new world, that has such people in it!"这里改成了复数形式。——译注

# 我是如何看到了直线国

## 13

那是我们的纪元1999年的倒数第二天，也是长假的第一天。我最喜欢的消遣是几何，那天一直自娱自乐，玩到很晚，上床休息时脑子里还有一个未解的问题。晚上我做了一个梦。

我看到在我面前有大量的短小线段(我自然认为那都是女人)，其间穿插着其他生物，他们更小，本质上就是一些有光泽的点。所有这些生物都在同一直线上来回移动，而且就我所能判断的，他们的速度也都几乎相同。

只要他们在移动，就会间隔地发出混乱的、嘈杂的喊喊喳喳声。但有时他们会停止运动，于是就是一片死寂。

我走近一根我以为是女人的最长线段，和她搭话，但没有得到回答。我再打一次招呼，以及第三次招呼，也同样徒劳无功。我对这种在我看来无法容忍的无礼行为失去了耐心，我用我的嘴从正前方对着她的嘴，以拦截她的运动，并大声重复着我的问题："女人，这些川流不息的人群，以及这种奇怪的、混乱的喊喳声，还有这种在同一直线的单调来回运动，这些都是什么意思呀？"

这条短线回答道:“我不是女人，我是这个世界的君王。但是你，你从哪里闯入我的直线国领地?”听到这个突如其来的回答，我为自己可能以任何方式惊吓或骚扰了陛下而请求原谅。我说明了自己是一个陌生人，恳求国王陛下给我讲一讲他的领地。然而，我在获取我真正感兴趣的信息方面却遇到了极大的困难，因为这位君王无法避免地总是认为，凡是他所熟悉的东西，我也一定知道，而我只不过是在以开玩笑的方式装出一副无知的样子。不过，通过坚持不懈地提出问题，我还是探知了下列事实。

这位可怜的、无知的君王——他是这样称呼自己的——似乎有人使他相信，他称之为他的王国并在其中度过一生的这条直线就构成了整个世界，甚至就是全部的空间。他只能在他的直线上移动，也只能看见这条直线上的东西，他对直线以外的任何东西都没有概念。虽然他在我第一次跟他说话时就听到了我的声音，但是由于他听到声音传来的方式与他的经验截然不同，因此他就没有作答。他这样表达当时的感觉:“我没有看到有任何人，听到的声音好像是从我自己的肠子里发出来的。”直到我把嘴伸进他的世界的那一刻之前，他既没有看到我，也没有听到任何话语，只有混乱的声音拍打着——我称之为他的侧面，而他却称之为他的**内部或肚子**。他对我来的那个地区甚至连一点概念也没有。在他的世界或直线之外，一切对他来说都只是一片空白。不，甚至连空白都没有，因为空白就意味着空间。更确切地说，一切都不存在。

他的国民——其中的短线是男人，而点是女人——动作和视力都同样局限在那条单一的直线上，那就是他们的整个世界了。不用多说，他们的所有能看到的东西都局限于一个点，所有人永远都只能看到一个点。男人、女人、孩子、东西——在直线国人的眼中全都是一点。只有通过嗓音才能区分性别或年龄。此外，由于每个人都占据了这条可以说是构成他的世界的狭窄道路的全部，因此没有人可以左右移动，来为过路者让路。于是任何一个直线国人都

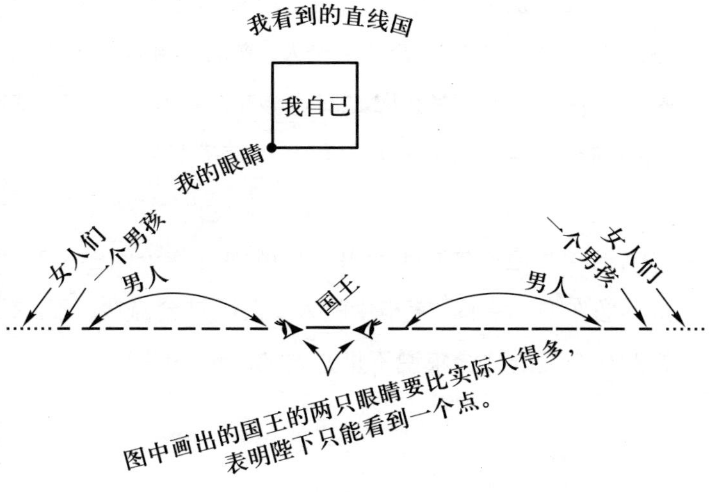

不能从另一个直线国人身边经过。一旦为邻居，终身为邻居。他们的邻里关系就像我们的婚姻关系一样。邻居永远是邻居，直到死亡将他们分开。

所有的目光都局限在一点上，所有的运动都局限在一条直线上，这样一种生活在我看来，有一种说不出的凄凉。我惊讶地注意到国王精力充沛、心情愉悦。我想知道，在这样不利于家庭关系的情况下，是否有可能享受到婚姻的乐趣。对于这样微妙的一个问题，我犹豫了片刻，不知该不该向陛下发问。但最后，我唐突地问起他家人的健康情况，这才进入了这个话题。他回答说："我的妻子和孩子们身体都很好而且很幸福。"

我对这个答案感到震惊——因为直接与这位君王为邻的（正如我在梦中进入直线国之前已经注意到的）只有男人——因此斗胆回答道："对不起，但我想象不出，在陛下您与后妃们之间至少隔着六七个人，您既不能看穿也不能经过其中任何一个，那么您如何能够随时看到或接近她们呢？有没有可能在直线国中，结婚和生育子女并不需要相互亲近呢？"

国王回答道："你怎能问出这么荒谬的一个问题来？如果真的像你说的那样，宇宙中的人口很快就会减少。不，不，相邻对于心灵的结合来说不是必要的。孩子的出生是一件非常重要的事情，因此我们不能允许它取决于像相邻这样的偶然事件。你对此不可能一无所知。不过既然你乐意装出一副无知的样子，我就权当你是直线国里最幼小的婴儿来教导你。那么，你要知道，婚姻是靠声音和听觉来实现的。

“你当然知道，每个男人不仅有两只眼睛，还有两张嘴或两种声音，一端是男低音，另一端是男高音。我不该提这件事，但是在我们谈话的过程中，我一直辨别不出你的男高音。”我回答说，我只有一个声音，而且我也一直不知道陛下有两种声音。国王说:“这就证实了我的印象，你不是一个男人，而是一个有着男低音和完全未受过教育的耳朵的女性怪胎。但我还是继续说下去。

“上天注定，每个男人都应该娶两位妻子——”“为什么是两位？”我这样问道。他大嚷道:“你装单纯装得太过头了。如果没有四合一的结合，即男人的男低音和男高音以及女人的女高音和女低音，怎么可能会有一个完全和谐的结合呢？”我又说:“可是，倘若有一个男人更喜欢有一位妻子或者有三位妻子，那会如何呢？”他答道:“那是不可能的，这就好像二加一等于五或者人眼能看到一条直线一样不可想象。”我本想打断他的话，但他又接着说下去了。

“每周的中间有一次，自然法则迫使我们以一种比平常更为强烈的节奏来回移动。这种有节奏的运动会持续你可以从1数到101的时间。在这齐歌齐舞的过程中间，即第51拍的时候，宇宙中的居民们全力停顿下来，并且每个人都发出最圆润而洪亮、最充实而有力、最甜美而动听的曲调。正是在这个决定性的时刻，我们所有的婚姻得以缔结。男低音与女高音相配、男高音与女低音相配得如此精妙绝伦，以至于即使相隔两万里格[1]，相爱的人们也常常能立刻辨认出他们命中注定的爱人的回音。爱情冲破了距离这一微不足道的阻碍，将这三个人联合在一起。在那一瞬间完成的婚姻产生了三个后代，有男孩也有女孩，他们在直线国中开始有了自己的一席之地。”

“什么！总是三个？”我说，“那么其中一个妻子一定要生双胞胎吗？”

“你这个低音怪物！是这样的，”国王答道，“如果不是每次生了一个男孩，就要生两个女孩，还有什么其他方法能保持性别平衡吗？你要忽视大自然的这个最基本的原则吗？”他停了下来，气得说不出话来。过了好一会儿，我才说服他继续叙述下去。

“当然，你不会去想我们当中的每一个单身汉都会在这支普天同庆的婚姻大合唱中第一次求爱就找到自己的伴侣。与之相反，我们中的大多数人都要重复这个过程很多次。几乎没什么人会有这样的幸福命运，能立刻从彼此的

1　里格（league），旧时的长度单位，1里格在陆地上约为5千米。——译注

声音中辨认出天意为他们而设的伴侣，而感受到一种相互的、完全和谐的两情相悦。对我们大多数人来说，求爱期很长。求爱者的声音可能与未来妻子之一的声音是和谐的，但不是与两位都和谐。或者一开始与两者都不和谐。又或者女高音和女低音可能不太和谐。在这些情况下，大自然准备好了每星期一次的合唱，一定要使这三位情人更接近和谐。每一次对声音的考验，每一次新发现的不和谐，几乎都在不知不觉中促使其中不那么完美的一位调整他或她的发声方式，以便接近更完美的声音。经过多次尝试和多次接近，最终修成正果。终于有一天，当婚姻大合唱惯例响彻整个直线国大地时，这三位相隔遥远的情人突然发现他们完全和谐了。在这三位刚结婚的新人还没有意识到之前，他们已经用声音全情投入了一次两性相悦。大自然会因又有了一桩新的喜事和又增添了三个新生儿而欣喜。”

# ⑭ 我如何徒劳地试图去解释平面国的性质

我想，现在是时候把这位君王从狂喜中拉回到正常的理智上来了，因此我决心努力向他揭示些许真相，也就是谈论一些关于平面国里的事物的本质。我是这样开始的："陛下是如何辨别臣民的形状和位置的呢？就我个人而言，在我进入您的王国之前，我从视觉上注意到，您的臣民有些是线段，有些是点，而且有些线段比较长——""你所说的是不可能的，"国王打断了我的话，"你一定是看见了幻象，因为正如每个人都知道的，从事物的本质上讲，依靠视觉去分辨一条线段和一个点是不可能的，但可以用听觉来探测。我的形状也可以用同样的方法得到准确的判定。看——我是一条线段，是直线国里最长的线段，占据的空间超过6英寸——""占据的是长度，"我冒着风险说道。"傻瓜，"他说，"空间就是长度。你要是再打断我的话，我就不说了。"

我向他道了歉，但他继续轻蔑地说："既然跟你说理说不通，那么你就应当用你的双耳来听听我是如何用我的两

1　这约等于9656千米。——译注

种声音向我的妻子们展示我的形状的，她们此时离我有6 000英里70码2英尺6英寸[1]的距离，一个在北，另一个在南。听着，我来呼唤她们。”

他发出了一阵啁啾声，然后沾沾自喜地继续说道：“我的妻子们此刻接收到我的两个声音之一，紧接着又接收到另一个，并且她们明白，在从第一个声音到达她们到第二个声音到达的这段时间中，声音可以传播6.457英寸，由此推断我的一个嘴比另一个嘴离她们远6.457英寸，从而知道我的形状是6.457英寸。但你当然会明白，我的妻子们并不是每次听到我的两个声音都会做出这样的计算。在我们结婚之前，她们就一劳永逸地计算过了。但是她们随时都能这样做。同样，我也可以通过感觉声音来判断我的男性臣民们的形状。”

我说：“可是，如果一个男人用他的两个声音之一伪装成一个女人的声音，或者将他的南边发出的声音伪装一下，而使人们不能识别出这与他北边发出的声音来自同一个人，那该怎么办呢？这样的蒙蔽难道不会造成巨大的不便吗？难道您就没有办法通过命令您的相邻臣民互相触摸来制止这种欺诈行为吗？”这当然是一个非常愚蠢的问题，因为靠触觉是无法解决这个问题的。不过，我提出这个问题的目的是为了激怒这位君王，我完全成功了。

他惊恐地叫道:“什么!解释一下你的意思。”我回答道:“触摸,接触,相互触碰。”国王说:“如果你说的**触摸**,意思是两个人靠得很近,以至于他们之间没有任何距离,那么,陌生人,你要知道,在我的领土上,这种冒犯行为是可以判处死刑的。其中的原因是显而易见的。一个女人的脆弱形体很容易由于这样一种接近而碎裂,因此必须由国家来加以保护。但是,既然不能依靠视觉来区分男女,那么法律就一视同仁地规定,无论是男人还是女人,都不应靠近到接近者与被接近者之间不再有间隔的程度。

“你所说的**接触**,是一种不合法的、不自然的、过分的接近,而这种野蛮的、粗糙的过程的全部目的却能更容易地、更准确地通过听觉来达到,那么这种接近实际上又能有什么用呢?至于你所暗示的欺骗的危险,那是根本不存在的:因为声音作为一个人存在的本质,是不能这样随意改变的。得了!假设我有穿透固体的能力,从而使我能够穿透我的臣民们,一个接一个,甚至可以穿透十亿个,用**触觉**去核实每个人的大小和距离,这种笨拙的、不准确的方法要浪费多少时间和精力啊!而现在,在听到声音的那一刻,可以说我就对生活在直线国的所有人进行了普查和统计,包括地区的、身体的、思想的和精神的。听,只能靠听!”

说着,他停了下来,心醉神迷地倾听一种声音,而在我听来，那声音不过是无数只小人国的蚱蜢发出的微小啁啾声。

我回答说：“的确，您的听觉对您很有好处，弥补了您的许多不足。但请允许我指出，您在直线国的生活一定乏味到了可悲的程度。除了一个点以外，什么都看不到！甚至无法想象出一条直线！不，甚至不知道直线是什么！去看看，却被切断了视线，看不到直线上的那些远景，而这是上天赐予我们平面国的！想必完全没有视觉都比看见这么一丁点儿东西要好！我承认，我没有您那样的听觉辨别力，因为即使整个直线国的音乐和谐给您带来如此强烈的愉悦，在我听来只不过是无数嘁喳声或啁啾声。但至少我能凭视觉区分一个点和一条线。我来证明一下。就在我进入您的王国之前，我看见您从左舞到右，又从右舞到左，在紧挨着您左边的有七男一女，而在您右边有八男两女。我说得不对吗？”

国王说：“就人数和性别而言是对的，虽然我不知道你说的‘右’和‘左’是什么意思。但我不认为你看见了这些事。因为你怎么能看见任何男人的那条线段？那可是他的内部。但是你一定听说过这些事，然后做梦你看见了它们。我来问一问，你说的‘左’和‘右’这两个词是什么意思？我猜想这是你们对向北和向南的说法吧。”

我回答道：“实际情况并不是那样的，除了你们向北和向南的运动外，我们还有一种我称之为从右向左的运动。”

国王：如果你愿意的话，请把这个从左向右的运动展示给我看。

我：不，我做不到，除非您能完全走出您的直线。

国王：走出我的直线？你是说走出这个世界？走出这个空间？

我：嗯，是的。走到**您的**世界之外。**您的**空间之外。因为您的空间不是真正的空间。真正的空间是一个平面，而您的空间只是一条线。

国王：如果你不能通过亲身行动来表明这种从左向右的运动，那么我请求你用语言来向我描述。

我：如果您连您的左右都分不清，恐怕我说的任何话都不能使您明白我的意思。但可以肯定的是，您不可能连这么简单的一个区别都不知道。

国王：你说的话我一点儿都不理解。

我：唉！我该怎么才能说清楚呢？当您向前直行的时候，您难道不是有时会想到，您也**可以**用另一种方式移动，从而使您的眼睛转过来，看着现在您的侧面正对着的方向？换句话说，您难道从来没有想过不要总是朝着您的两端之一的方向前进，而是朝着可以说是您的侧面前进吗？

国王：从来没有。而且你指的是什么意思？一个人的内部怎么能“朝向”任何方向呢？一个人怎样能朝着自己内部的方向前进呢？

**我：** 那好吧，既然言语无法解释这件事，那我就在行动上试试看。我慢慢地朝着我希望向你表明的方向从直线国里走出来。

说话间，我开始把身体移出直线国。只要我的任何一部分仍在国王的领地之中，而且仍在他的视野之中，他就在不停地喊叫：“我能看见你，我仍然能看见你，你根本没在动。”但是当我最终把自己从他的直线国移出来时，他用最尖锐的声音喊道：“她不见了，她死了。”我回答他说：“我没死，我只不过是走出了直线国，也就是说，走出了你称之为空间的那条直线，而且进入了真正的空间，在这里我**可以看见**事物的本来面目。在这一刻，我看到了您的线，或者说看到了您的侧面，或者按照您喜欢的叫法，看到了您的内部。我还能看到在您北边和南边的男男女女，现在我要一一列举，描述他们的次序、他们的大小和他们彼此之间的间隔。”

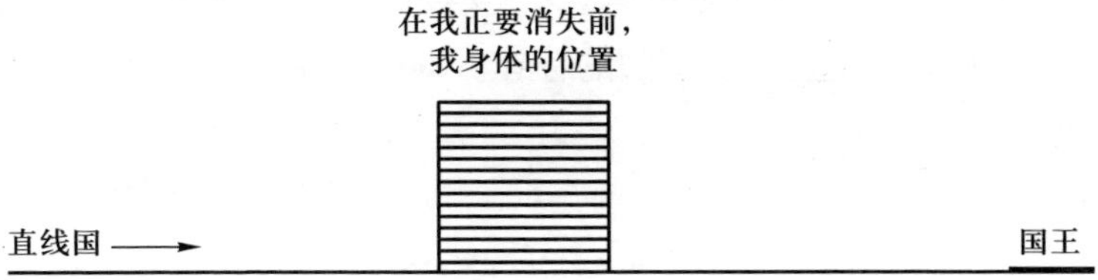

当我终于把这件事做完时，我得意地叫道:“这样是否最终使您信服了?”说着，我又一次进入了直线国，占据了跟原来一样的位置。

但是这位君王回答说:“如果你是一个有理智的男人，虽然你似乎只有一种声音，因此我几乎确信无疑，你不是男人，而是一个女人。但是，如果你有一丁点儿理智，你就会听从理智。你要我相信，除了我的感官所表明的之外，还有另一条线，除了我每天所意识到的之外，还有另一种运动。我反过来要求你用语言来描述或用运动来表明你所说的那另一条线。你没有动，而只是施展了某种消失又复现的魔术。你没有对你的新世界做任何清晰的描述，而只是说了我的大约40名随从的人数和大小，而这些在我的首都是任何一个孩子都知道的事实。还有什么比这更荒诞或更大胆的吗?承认你的愚蠢，否则就离开我的领土。”

我对他的任性顽固暴怒不已，而且对他公然表示不知道我的性别尤其感到气愤，于是我无所顾忌地顶嘴了。“冥顽不灵的家伙!你认为自己是完美的存在，而实际上你是最残缺不全的、最蠢笨痴愚的。你自称能看见，然而你只能看见一个点，其他什么都看不见!你推断出存在着一条直线就洋洋得意，但我**能看见**直线，并推断出角、三角形、正方形、五边形、六边形、甚至圆的存在。为什么还要多费口舌?我把你不完整的自身完整了，只要说这一点就足够了。你是一条线段，而我是线段之线段，在我的国家，我被称为正方形。尽管我比你优越得多，但即使是这样，我在平面国的贵族中也只是一个小人物。我是从平面国来拜访你的，希望能使你摆脱无知。”

听到这些话，国王威胁地叫着朝我冲过来，仿佛要从对角线上把我刺穿似的。就在这个时刻，他那成千上万的臣民也发出了无数的战斗号声，而且声音越来越激烈，直到最后我觉得它可以与一支由十万个等腰三角形构成的军队和一支由一千个五边形构成的炮队的吼声相匹敌。我仿佛被咒语镇住了，一动也不能动，既不能说话，也不能移动，以逃避即将临头的这场大祸。但噪音仍然越来越响，国王也越走越近。正当此时，我醒来了，发现早餐铃声正在响起，把我拉回到平面国的现实之中。

# 15 关于一个来自空间国的陌生人

我从梦境回到了现实。

这是我们的纪元的1999年的最后一天。淅淅沥沥的雨声早已宣告了夜幕的降临。我和我的妻子坐[1]在一起，沉思着过去发生的种种事情，展望着即将到来的下一年、即将到来的下一个世纪、即将到来的下一个千年。

我的四个儿子和两个无父无母的孙子都已经回到他们各自的房间。只有我的妻子陪着我，惜别旧的千年，迎接新的千年到来。

我全神贯注地思考着，脑子里回想起我那最小的孙子随口说出的几句话。他是一个极有前途的年轻六边形，有着不同寻常的光泽和完美的多角性。我和他的叔叔们一直在给他上通常的视觉辨认实用课程，我们会绕着自己的中心转动，时而迅速，时而比较缓慢，并要他对我们的位置问

1 当我说到“坐”的时候，当然不是指你在空间国里说到这个词时所表示的那种姿势改变。因为我们没有脚，所以我们就像你们的各种鳎或鲽那样，也不能“坐”或“站”(按照你们对这个词的理解)。

不过，我们十分清楚地认识到“躺”“坐”“站”所隐含的不同意志精神状态，与意志提升相对应的是光泽的略微增加，而这在某种程度上就向旁观者显示了这些不同的状态。

但是，关于这个问题，以及一千个其他类似的问题，由于时间关系，我不能再继续详述了。

题做出回答。他的回答是那么令人满意，于是我忍不住奖励他，指点他如何把算术应用到几何学上去。

我拿来九个正方形，每个边长都是1英寸，我把它们放在一起，构成一个边长为3英寸的大正方形，由此我就向我的小孙子证明了，我们虽然不可能看到此正方形的内部，但我们只需要将这个正方形的边长的英寸数取平方，就可以确定它的平方英寸数。我说："这样，我们就知道$3^2$或者9就代表一个边长为3英寸的正方形中的平方英寸数。"

小六边形想了一会儿，然后对我说："可是你一直教我取数的三次方。我想$3^3$在几何学上一定有着某种意义，它的意义是什么呢？"我回答："一点都没有，至少在几何学上没有。因为几何学只有两个维度。"然后我开始教这个男孩，一个点移动3英寸的长度，就形成了一条3英寸的线段，这条线段可以表示为3；一条3英寸的线段，平行于其自身方向移动3英寸的长度，就形成了一个每边都是3英寸的正方形，这个正方形可以表示为$3^2$。

听到这里，我的孙子又回到他先前的联想，相当突然地打断了我的话，大声说道："好吧，那么如果一个点移动了3英寸，就形成了一条3英寸的线段，表示为3；如果一条3英寸的直线段平行于自身移动，就形成了一个每边为3英寸的正方形，表示为$3^2$；那么可以肯定的是，如果一个每边为

3英寸的正方形以某种方式平行于自身移动(但是我不明白该如何移动)，就必定会形成其他某样各边为3英寸的东西(但是我不明白这是什么)，而且这样东西必须表示为$3^3$。”

他打断了我的话，因此我有点儿生气地说：“上床睡觉去吧，如果少说点儿废话，那么你就会记住更多的道理。”

我的孙子就这样颜面尽失地走了。我坐在妻子身边，努力回顾1999年，并展望2000年的种种可能性，但仍然无法摆脱我那个聪明的小六边形天真无邪的话语所带给我的种种思绪。半小时沙漏里只剩下几粒沙子了。我从沉思中回过神来，在旧千年里最后一次把沙漏转向北方。在做这个动作时，我大声说道：“这孩子真是个傻瓜。”

我立刻意识到有人出现在房间里，一股寒气从我的身体里冒了出来。我的妻子叫道：“他才不是这样的人，你这样侮辱自己的孙子，是违反戒律的。”但是我没有理睬她。我环顾四周，没有发现任何异样。不过，我仍然感觉到有一个人在屋里。当那冰冷的低语再次传来时，我浑身颤抖起来。我一跃而起。我的妻子说：“怎么啦？屋里没有气流，你在找什么？这里什么都没有。”确实什么都没有。我回到座位上再次大声说道：“我说这孩子真是个傻瓜。$3^3$在几何学上没有任何意义。”这时，立刻传来了一个清晰可闻的回答：“这孩子不是傻瓜，$3^3$有一个明显的几何意义。”

1　此句原文为“A Straight Line to the touch is worth a Circle to the sight”，套用了“A bird in the hand is worth two in the bush”(一鸟在手胜过两鸟在林)。——译注

我和我的妻子都听到了这些话，尽管她不明白说的是什么意思，我们俩都朝着声音的方向跳上前去。当我们看到面前有一个图形时，我们是多么恐惧啊！乍一看，这似乎是个女人从侧面看的样子。但是经过片刻的观察我就看出，他的两端变暗的速度太快，因此不可能代表一个女性。我本该认为它是一个圆，只是它的大小似乎在改变，而这种改变方式对于一个圆或者对于我所遇到过的任何一个规则图形来说都是不可能的。

但我的妻子并没有我的阅历，也没有认识这些特殊性质所必需的冷静。她带着女性常见的那种急不可耐的、不可理喻的猜忌，立刻断定有个女人通过某个小洞进入了这所房子。她大声叫道："这个人是怎么进来的？你保证过，亲爱的，我们的新房子里不该有通风口的。"我说："确实没有任何通风口，可是你凭什么说那个陌生人是个女人呢？我用我的视觉辨认能力看到的是……"她回答："哦，我可不能容忍你的视觉辨认。别忘了，'触摸为实'，还有'触摸到的线段胜过看得见的圆'[1]。"——这是在平面国里的脆弱性别中很熟知的两条谚语。

"好吧，"我说，因为我怕惹她生气，"如果一定要这样的话，就请引见一下吧。"我的妻子摆出她最和蔼的样子，向那位陌生人走去："夫人，请允许我触摸一下您，也请您触摸一下我……”然后她突然缩了回来。“哦！这不是一个女人，而且她也没有角，一丝角的痕迹都没有。会不会我对一个完美的圆举止失礼了？”

那声音回答道：“从某种意义上来说，我确实是一个圆，而且是比平面国里的任何圆都要完美的一个圆。但是更准确地说，我是多圆合一。接着他又温和地补充道：“亲爱的夫人，我有一条讯息要告诉您的丈夫，但是不能当着您的面说。如果您能让我们离开几分钟的话……”但我的妻子不愿听从这个建议，她认为不应使我们这位令人敬畏的来访者感到不便，因此向那个圆说道，此时早已过了她该休息的时间。她为刚才的言行失检反复道歉了多次，最后回她的房间去了。

我瞥了一眼那个半小时沙漏。最后几粒沙子已经落下。第三个千年开始了。

# 那个陌生人如何徒劳地试图用语言向我揭示空间国的奥秘

# 16

在我妻子离开的过程中，等她的平和鸣叫声一消散，我就开始走近那个陌生人，打算更近距离地看一看，并请他坐下来。可是他的样子使我惊讶得张口结舌、动弹不得。他虽然完全没有一丝有角的迹象，但他每时每刻都在变化，大小和亮度都是渐变的，在我的经验范围内，这对于任何一个图形来说都是根本不可能的。我脑子里闪过一个念头：在我面前的可能是一个窃贼，或者是一个杀手，是某个畸形的不规则等腰三角形。他伪装出一个圆的声音，不知怎么获准进入了这所房子，现在正准备用他的锐角来刺杀我。

由于我是在一间起居室里，没有雾（这个季节恰好又非常干燥），因此我很难相信视觉辨认，尤其是我站在这么近距离的情况下。我害怕得要命，粗鲁地冲了上去。“先生，您必须允许我……”我触摸了他。我妻子是对的。没有任何角的痕迹，没有丝毫的粗糙或不平。在我的一生中，从未遇到过比这更完美的圆。我绕着他走了一圈，从他的眼睛开始，又回到他的眼睛，在此期间他一动也不动。他周身都是圆的，一个完全令人满意的圆，这是毫无疑问的。接下去我们之间有一段对话，我会尽力把我所能回忆起的都原封不动地记录下来，只是把我的一大堆道歉删去了几句。因为我当时是怀着羞愧和屈辱的——我作为一个正方形，本应对自己去触摸一个圆的莽撞无礼举动而感到内疚。这段对话开始之前，这位陌生人已对我冗长的引见过程有些不耐烦了。

**陌生人：** 现在你对我触摸够了吗？难道你还没有认识我吗？

**我：** 最卓越的先生，请原谅我的笨拙，这并不是由于我不了解上流社会的习俗，而是由于您的这次多少有些意外的来访，使我有一点儿诧异和紧张。我恳求你不要向任何人透露我的轻率言行，尤其是不要向我的妻子透露。不过，在与阁下进一步交谈之前，我会很高兴知道贵客您从何而来，您是否可以屈尊满足我的好奇心呢？

**陌生人：** 从空间来，从空间来，先生，还能是其他什么地方？

**我：** 请原谅，阁下，但是阁下不是已经在空间里了吗？即使在此刻，阁下和鄙人不是已经在空间里了吗？

陌生人：　呸！你对太空了解多少？请给出空间的定义。

我：　阁下，空间是无限延长的高度和宽度。

陌生人：　果然，你看，你甚至连空间是什么都不知道。你认为它只是二维的。但我来是要告诉你，还有第三个维度——高度、宽度和长度。

我：　阁下尽管开玩笑吧。我们也说长度和高度，或宽度和厚度，因此是用四个名称来表示两个维度。

陌生人：　但我指的不仅仅是三个名称，而是三个维度。

我：　阁下能否向我指出或解释一下，我所不知道的这个第三维指向什么方向？

陌生人：　我就来自第三维。它是向上面，也是朝下面。

我：　阁下的意思似乎是说，它是南北方向的。

陌生人：　我完全不是这个意思。我说的是一个你看不见的方向，因为你的侧面没有眼睛。

我：　请原谅，阁下，您只要稍做观察就会确信，我的两边的接合处有一颗完美的发光点。

陌生人：　是的，但是为了看到空间，你就应该在你的侧面有一只眼睛，而不是在你的周界上。你很可能将这个地方称为你的内部，但我们在空间国中就应该将它称为你的侧面。

我：　在我的内部长一只眼睛！在我的肚子里长一只

眼睛！阁下是在开玩笑吧。

**陌生人：** 我才没有心情开玩笑。我告诉你，我来自空间。由于你不明白空间的意思，也可以说我来自一个三维的国家，我最近才从那里俯瞰你们竟然称之为空间的平面。从那个具有优势的位置，我看清了你们所称的一切**立体**（对此你们指的是“四边封闭的”），你们的房屋、你们的教堂、你们的那些衣箱和保险柜，甚至你的内部和五脏六腑，都是敞开着的，都暴露在我的眼前。

**我：** 这样的断言说起来容易，阁下。

**陌生人：** 你的意思是，但是证明起来不容易。不过，我打算来证明我的这些断言。

我降落到这里的时候，看见了你们的四个儿子，他们都是五边形，各自在自己的房间里，还有你们的两个孙子，他们是六边形。我看见最小的六边形和你待了一会儿，然后回到他的房间里去了，只留下你和你的妻子。我看见你的等腰三角形仆人，总共是三个，晚饭时他们在厨房里，此外还有一个小随从在碗碟洗涤间里。然后我到了这里，你觉得我是怎么进来的？

**我：** 我想是穿过屋顶吧。

陌生人：　不是这样的。你知道得很清楚，你的屋顶刚刚修整过，连个女人能穿过的孔隙都没有。我告诉你，我来自空间。我告诉了你关于你的孩子们和同住在一起的人的情况，这还不能让你确信吗？

我：　阁下必定知晓的，街坊中的任何一个人，倘若拥有阁下如此丰富的获得资讯的手段，都很容易查清与鄙人有关的财产的这些情况。

陌生人：　（自言自语）我该怎么办？等一下，让我想一想，我又想到一个论据。当你看到一条直线段时，比如说你的妻子，你认为她有多少个维度呢？

我：　阁下把我当作一个对数学一窍不通的俗人，会以为女人真的是一条直线段，只有一个维度。不，不，阁下，我们这些正方形懂的可不止这些，而且也和您一样清清楚楚地知道，虽然大家都把一个女人称为一条直线段，但实际上，从科学的角度来说，她是一个很细的平行四边形，和我们其余的人一样，有两个维度，即长度和宽度（或厚度）。

陌生人：　但是，一条线段是可见的，这一事实本身就意味着它还有另一个维度。

**我：** 阁下，我刚才已经承认了女人不仅有长度，而且有宽度。我们看到了她的长度，推断出她的宽度，这个宽度虽然非常微小，却是可以测量的。

**陌生人：** 你没有理解我的话。我的意思是，当你看到一个女人时，除了要推断出她的宽度之外，你还应该看她的长度，还要看到我们所说的她的**高度**。尽管最后的高度这一维度在你们国家里是无穷小的。如果一条线段只有长度而没有“高度”，那么它自然就不会再占据空间，因此就会变得看不见。想必你一定认可这一点吧？

**我：** 我必须坦白，我一点儿也不理解您的意思。当我们在平面国里看到一条线段时，我们看到的是长度和**亮度**。如果亮度消失了，那么这条线段也就消失了，而且就像您说的，不再占据空间。但是，我是否可以假定，阁下为亮度赋予了一个维度的名称，即您把我们所谓的“亮”称为“高”？

**陌生人：** 事实上不是这样。我所说的“高”是指像你的长度那样的一个维度。只不过对你来说，“高度”不那么容易被察觉，因为它极其微小。

**我：** 阁下，您的断言很容易检验。您说我有第三个维度，即您所谓的“高度”。现在，维度意味着方向和度量。只要测量一下我的“高度”，或者只要向我指明我的“高度”的延伸方向，我就会转而信奉您的观点。否则，阁下自己的认识就让我有辩解的借口了。

**陌生人：** （自言自语）这两样我都做不到。我该怎么说服他？对事实作一个清楚明白的陈述，随后再加上一个亲眼看见的演示，肯定应该足够了。——现在，先生，请听我说。

你住在一个平面上。你们所谓的平面国，就是一种我可以称之为流体的东西的广大而平坦的表面，你和你的同胞们就在这个表面上，或者说在这个表面里，四处活动，既不会升到这个表面的上方，也不会降到这个表面的下方。

我不是一个平面图形，而是一个立体形。你管我叫圆，但实际上我并不是一个圆，而是无数个大小不等的圆。这些圆的大小从一个点变化到一个直径为13英寸的圆，一个叠放在另一个之上。当我像现在这样穿过你的平面时，我在你的平面上截取了一个截面，你把这个截面称为圆，这是非常正确的。因为即使是一个球体（这是我在自己国家里的正式名称），如果他出现在一个平面国居民面前，那么他必定是以一个圆的形式出现。

你不记得了吗？由于我能看到万事万物，因此我昨晚看出了直线国在你大脑上留下的幻象。你不记得了吗？我是说，当你进入直线国领地时，你是如何无奈地在国王面前展示为一条线段，而不是一个正方形的？因为那个线性王国中没有足够的维度来展示你的整体，而只能展示你的一片或一部分。于是出于同样的道理，你们的二维空间的国家也没有足够的空间来展示我这样一个三维的存在，而只能展示我的一片或一部分，这就是你们所说的一个圆。

你眼睛的亮度在降低，这表明你有怀疑。但是现在，请准备好接受我的断言成立的确凿证据。你每次确实只能看到我的一部分，或者说看到一个圆。这是因为你没有能力把你的眼睛抬高到平面国所在的平面的外面。但你至少可以看到，当我在空间中上升时，我的各部分变小了。看着，现在我要上升了。你的眼睛看到的情景是，我的圆会变得越来越小，直至缩小到一个点并最终消失。

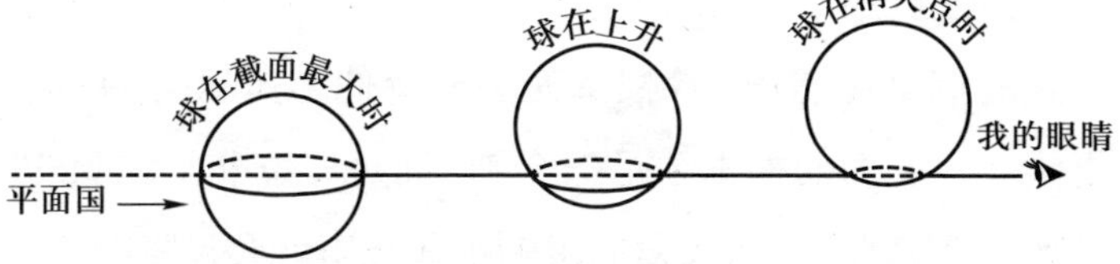


我看不见“上升”，但他是在越来越小，最后消失了。我眨了一两下眼睛，以确定我不是在做梦。但这不是梦。因为此时从茫茫的深渊传来了一个空洞的声音——似乎贴近我的心脏——“我完全消失了吗？你现在相信了吗？好吧，现在我将逐渐回到平面国，你会看到我的截面在变得越来越大。”

空间国中的每一位读者都会很清楚，我的这位神秘客人所说的是真的，甚至是简明易懂的。但对我来说，虽然我精通平面国的数学，但这绝不是一件简单的事情。上面给出的这张粗略的示意图会使任何一个空间国的孩子清楚地认识到：在图中所标明的这个球体正在上升的三个位置，对我或任何一个平面国人必定显示为一个圆，一开始是最大的圆，然后变成一个小圆，最后变得确实非常小，接近一个点。而对我来说，尽管我看到了眼前的这些事实，但是对于引起这种情况的原因却仍然一无所知。我所能领会的只是这个圆自己变小了，消失了，然后他又出现了，而且在迅速地使自己变大。

他恢复到了原来的大小，又深深地叹了一口气，因为他从我的沉默中看出，我根本无法理解他。实际上，我现在更倾向于认为他根本不是一个圆，而是一位非常聪明的魔术师。否则的话，老太婆们讲的那些故事就会是真的了，世界上毕竟还是有巫师和术士这样的人。

沉默了许久以后，他喃喃自语道："如果我不采取行动的话，那就只剩下一个办法了。我必须试一试类比的方法。"接着是更长的沉默，然后他将我们的对话继续下去。

**球体：** 请告诉我，数学家先生，如果一个点向北移动，留下一道明亮的尾迹，你会给这道尾迹起什么名字？

**我：** 一条直线段。

**球体：** 一条直线段有多少个末端？

**我：** 两个。

**球体：** 现在请设想一下，这条向北的直线段平行于自身向东和向西移动，这样它的每一点都留下一条直线形的尾迹。你会给由此形成的图形取什么名字？我们假设它移动的距离就等于原来那条直线段。——我说，你会给它取什么名字？

**我：** 一个正方形。

**球体：** 一个正方形有多少条边？有多少个角？

我：　　四条边和四个角。

球体：　现在稍微扩展一下你的想象，设想在平面国里的一个正方形，平行于自身向上移动。

我：　　什么？向北？

球体：　不，不是向北，是向上，完全移到平面国之外。

如果这个正方形向北移动，那么它南边的那些点将不得不穿过那些先前被北边的点占据过的位置。但那不是我的意思。

我的意思是，你身上的每一点（因为你就是一个正方形，因此可以帮助我来完成说明），也就是说你所说的在你的内部的每一点，都向上穿过空间，在此过程中任何一点都不得通过之前被其他点占据过的位置，但每一点都应描出它自己的一条直线段。这一切都是按照类比来进行的，你一定对此很清楚。

我克制住我的急躁——因为这时我受到一种强烈的诱惑，想要不顾一切地冲向我的客人，把他猛力地抛到空间中，或抛到平面国之外的任何地方，这样我就可以摆脱他了——我回答道：

“那么，通过你很喜欢用的‘向上’这个词来表示的动作，我所塑造出来的这个图形的本质会是什么呢？我推测这是可以用平面国的语言来描述的。”

**球体：** 哦，当然。这一切都是简单明了的，而且是严格按照类比来进行的——只是顺便说一句，你不能把所得出的结果说成是一个图形，而应说成是一个立体形。但我将向你描述它。说得更确切一点，不是由我，而是由类比来阐明。

我们从一个点开始，由于这个点本身就是一个点，当然它也就只有**一个**端点。

一个点产生一条有**两个**端点的线段。

一条线段产生一个有**四个**端点的正方形。

现在你能回答你自己的问题了：1，2，4 显然构成了一个等比数列。那下一个数是什么？

**我：** 8。

**球体：** 完全正确。一个正方形会产生一个**有 8 个端点的东西。虽然你还不知道它的名字，但我们称之为立方体。**现在你信服了吗？

**我：** 这个怪物有边(side)吗？有角吗？或者说有你们所谓的“端点”吗？

**球体：** 当然有，而且这一切都是按照类比来进行的。但是，顺便说一下，这不是你们所说的边(side)[1]，而是我们所说的面(side)。你可以称它们为**侧面**

1 原文中的side，根据上下文分别译为边、面、边界。此外，solid一词本意是立体形，但作者在这里杜撰了它的一个词义来强调立方体的面，故按上下文译为侧面。——译注

（solid）。

我：通过将我的内部“向上”运动会产生的这个东西，也就是你们称为立方体的那个东西，会有多少个侧面，或者说多少个侧面属于它？

球体：你怎么能这样问？亏你还是个数学家！任何物体的边界(side)，如果我可以这么说的话，总是比此物少一个维度。由于不能比点再少一个维度了，因此一个点的边界就为0。一条线段，如果我可以这么说的话，有2个边界(因为我们可以礼貌地将一条线段的两个端点称为它的2个边界）。一个正方形有4个边界。0，2，4，你把它称为什么数列？

我：等差数列。

球体：下一个数是什么？

我：6。

球体：完全正确。于是你看，你已经回答了你自己的问题。你会产生的那个立方体将有六个面，也就是说，六个你的内部。你现在全明白了吧，嗯？

我尖叫起来：“妖怪，无论你是巫师、术士、梦魇还是魔鬼，我再也不能忍受你的嘲弄了。不是你死就是我亡。”说着这些话，我突然向他猛力扑去。

# 17 球体在尝试了语言未果之后，如何付诸行动

那只是徒劳。我用我最硬的直角去猛撞这个陌生人，用一种足以摧毁任何普通圆的力量压向他。但我能感觉到他慢慢地、无法阻止地躲开了我所企图的接触。既不是向右侧移，也不是向左侧移，而是不知怎的移出了这个世界，消失得无影无踪。很快就只剩下一片空白。但我还是听到了这位侵入者的声音。

**球体：** 你为什么不肯听听道理呢？因为你是一位有造诣的数学家，又是一个有理智的人，我原本希望你成为能胜任传播三维空间福音的一位使者。这福音一千年才允许我宣讲一次，但现在我却不知道怎样才能使你信服。等一下，我想到了。应该用行动而不是语言来宣告这一真理。听好了，我的朋友。

我曾告诉过你，从我在空间中的位置，我可以看到所有你认为封闭的东西的内部。举例来

说，我看见在你所站的地方，旁边有一个橱柜，里面有好几个你称为盒子的东西(但是就像在平面国的其他东西一样，它们既没有顶，也没有底)，这些盒子里装满了钱。我还看到两块记账板。我现在打算下降到那个橱柜里去，把其中的一块记账板给你拿来。半小时前，我看见你锁上了橱柜，我知道你持有钥匙。但我是从空间降下来的。你看，那些门仍然是关着的。现在我在橱柜里了，而且在取记账板。现在我拿到它了。现在我带着它一起上升了。

我冲到橱柜边，猛力把门打开。有一块记账板不见了。陌生人冷笑了一声，出现在房间的另一个角落里。与此同时，记账板出现在地板上。我把它拿了起来。毫无疑问，这就是那块丢失的记账板。

我惊恐地呻吟着，怀疑自己是不是疯了。但陌生人接着说:"你现在一定要明白，能说明这种现象的，只能是我的解释，而不是其他任何解释。你所说的立体的东西实质上是表面的，你所说的空间其实只不过是一个大平面。我在空间中，并俯视事物的内部，而你只能看到它们的外部。如果你能鼓起必要的意志力，那么你就可以自己离开这个平面。稍稍向上或向下动一下，你就能看到我所能看到的一切。

“我登得越高，离你的平面越远，能看到的东西就越多，当然我看到它们的尺寸也越小。例如，我现在正在上升。现在我可以看到你的邻居六边形和他的家人在他们的几间房间里。现在我看到了剧院的内部，十扇门都关着，观众们刚刚从那里离开。在另一边，有一个圆在他的书房里坐着看书。现在我再回到你身边。作为最有力的证据，我碰一下你的胃部，只是最轻微的碰一下，你觉得这样做如何？这样碰一下并不会严重伤害你，你可能会遭受轻微的疼痛，但这与你将得到的精神上的好处是无法相比的。”

我还没来得及说一句抗议的话，我的内部就感到一阵刺痛，一阵狂笑似乎是从我的内部发出的。过了一会儿，剧烈的疼痛停止了，只是还在隐隐作痛。那陌生人又出现了，他一边逐渐变大一边说：“瞧，我伤你不重，是吧？如果你现在还不相信，那我就不知道还有什么能说服你了。你还有什么可说的？”

我的决心已定。要忍受一个可以拿别人的胃来耍花招的魔术师随心所欲的来访，这样的生活看来是无法容忍的。要是我无论如何能设法把他靠墙按住，直到有人来救援就好了！

我又一次用我最硬的角向他猛冲过去，同时用我的呼救声惊动全家。我相信，在我发起攻击的那一刻，那个陌生人已经沉到我们的平面下方，并且真的很难再上升了。无论如何，他一动也不动了，而我呢，正如我所想的那样，听到了有人赶来救援的声音，便加倍使劲地压住他，同时继续大声呼救。

一阵阵猛烈的战栗传遍了整个球体。我想我听见他说："绝不能这样，要么他必须听从道理，要么我就必须求助于文明社会的最后一种方法了。"然后，他提高了嗓音着急地对我喊道："听着，你所亲眼看见的一切，绝不能让陌生人看到。在你妻子进入这个房间之前，立即把她打发回去。三维的福音绝不能因此而受挫。千年等待的果实决不能这样被丢弃。我听见她来了。向后！向后！离我远点，不然你就得跟我走，去到一个你所不知道的地方，到三维世界去！"

我大喊着："傻瓜！疯子！不规则形！我绝不会放开你，你要为你的招摇撞骗付出代价。"

陌生人吼道："哈！到了这种地步了吗？那你就难逃宿命了。离开你的平面。一次，两次，三次！做到了！"

# 18 我如何来到空间国，我在那里看到了什么

我陷入了一种莫可名状的恐惧。一片黑暗，接下去是一种眩晕的、令人作呕的视觉，但那视觉不像是在观看。我看到一条不是线段的线段，不是空间的空间。我是我自己，我又不是我自己。当我恢复了说话能力时，我痛苦地大声尖叫:“这要么是发疯了，要么是地狱。”球体的声音平静地回答:“两者都不是，这是知识，这是三维。再次睁开你的眼睛，试着镇定冷静地看。”

我睁开眼，看哪，一个新奇的世界！站在我面前的是极致的圆形之美，引人注目地包含着我以前曾推断、猜测和梦想过的一切。这位陌生人的形体的中心似乎向我的视野敞开了，但我看不见心脏、肺、动脉，只看到一种美丽而和谐的东西——我找不到语言来描述这种东西。但是你们，我在空间国的读者们，会把它叫作球面。

我在内心里已对这位引导者五体投地，大声说道:“我看到了您的内部，却看不见您的心、肺、动脉和肝脏。哦，无比可爱、无比智慧的神圣典范。这是怎么回事？”他回答：“你以为你看见的东西，其实你并没有看见。无论是你，还

是任何其他生物，都没有被赋予能看见我的内部的能力。我与平面国的那些人是不同等级的生物。如果我是一个圆，那么你就可以看见我的内脏。但正如我之前告诉你的那样，我是一个由许多圆构成的生物，多圆合一，在这个国家被称为一个球体。就像一个立方体的外表面是正方形一样，一个球体的外表面也呈现出一个圆的外观。"

虽然我的这位老师所说的这些高深莫测的话把我弄得一头雾水，但我对此却不再气恼，而是默默地倾慕崇拜。他继续说，声音变得比较温和了："如果你一开始对空间国中的更深层次的奥秘觉得难以理解，也不要为此自寻烦恼。渐渐你会领悟的。让我们先回过去看一下你来的那个地区。与我一起回到平面国的那大片平地上去待一会儿，我会指点给你看那些你常常推理和思考，但从未以视觉看到过的事情——一个看得见的角。"我大喊："不可能！"但是，那个球体在前面带路，我就像在梦中一样跟着他，直到他的声音又一次吸引了我的注意："看那边，看看你自己的五边形房子，还有所有住在里面的人。"

我往下看，用我的肉眼看到了家里的全部情况，这些情况我以前都只是凭着思维能力推断出来的。与我现在所看到的现实相比，推断出来的结果是何等贫乏和虚幻啊！我的四个儿子平静地睡在西北面的几个房间里。我的两个

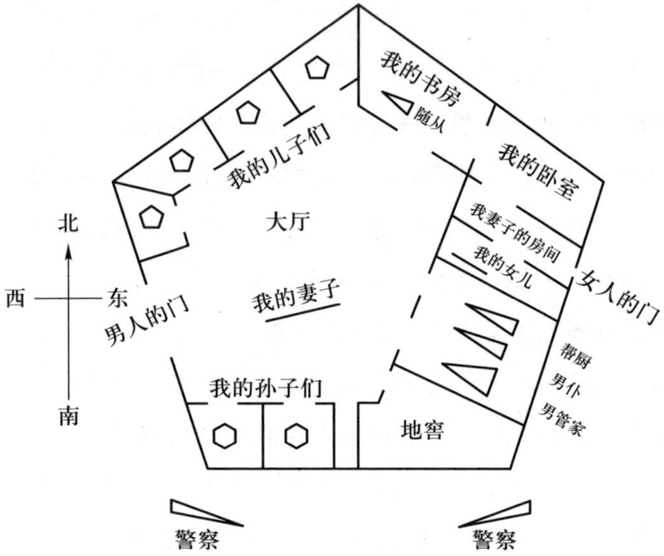


无父无母的孙子在南边。仆人、男管家、我的女儿，全都在他们各自的房间里。只有我那温柔亲切的妻子，见我一直不回家，吓得离开了她的房间，在大厅里踱来踱去，焦急地等着我回去。还有那个随从，被我的喊声惊醒，也离开了他的房间，借口要弄清楚我是不是昏倒在什么地方了，正在偷看我书房里的柜子。所有这一切，我现在不仅能推断，还能**看见**。当我们越走越近的时候，我甚至能分辨出我的柜子里的东西，那两箱金子，还有球体曾提到过的那两块记账板。

我被妻子的痛苦触动了，本想跳下去令她安心，但我发现自己移动不了。我的引导者说:“别为你的妻子操心了，她不会焦虑很长时间的。在此期间，让我们来俯视一下平面国吧。”

我又一次感到自己在空间中上升。一切正如球体说过的那样。我们离所看的物体越远，视野范围就变得越大。我居住的城市，每一所房子和里面的每一个人，在这里都以缩小的形式在我眼前敞开。我们登得更高了，看哪，大地的秘密、矿井的深处和山中最幽深的洞穴，都毫无遮掩地显露在我眼前。

神秘的大地在我眼前揭开了面纱，我心生敬畏，甚至觉得我的眼睛不配看到这些，于是对我的同伴说:“看哪，我变成像上帝一样了。因为我们国家的智者们说，只有上帝才能看见所有的事物，或如他们所说的，只有上帝才能**无所不见**。”我的老师语带轻蔑地回答我:“真的是这样吗？那么你们的智者要把我国的扒手和杀人犯都当作众神来敬拜了，因为他们没有一个看到的东西比你现在看到的少。但是请相信我，你们的智者错了。”

**我：** 那么，除了众神以外，还有其他人能无所不见吗？

**球体：** 我不知道。但是，如果我们国家的扒手或杀人犯都能看到你们国家的一切，那你们当然就没有理由接受把扒手或杀人犯当作上帝了。你所说的这种无所不见——这在空间国可不是一个常用的词——它是否使你更公正、更仁慈、更少自私、更有爱心？一点也不。那么它又怎么会让你变得更神圣呢？

**我：** “更仁慈，更有爱心！”但这些都是女人的品质！我们知道，一个圆是比一条直线段更高级的生物，就这一点而言，知识和智慧比单纯的慈爱更值得尊重。

**球体：** 我不能根据地位来对人的才能进行分类。不过，空间国里许多最优秀、最智慧的人更多考虑的是慈爱，而不是理解，更多考虑的是你们鄙视的直线，而不是你们大加赞扬的圆圈。但说这些已经足够了。看那边。你知道那座建筑物吗？

我向远处望去，看见了一座巨大的多边形建筑物，我认出那是平面国的议事厅，四周环绕着密密麻麻的五边形建筑群，它们彼此成直角，我知道那是街道。我意识到我正在接近这个大都市。

我的引导者说：“我们在这里降下去吧。”现在是早晨，是我们的纪元的2000年的第一天的第一个小时。按照他们惯常的做法，严格遵照先例，王国的最高阶层圆正在举行庄严的秘密会议，他们在纪元1000年的第一天的第一个小时和纪元0年的第一天的第一个小时也曾举行这样的会议。

先有一个人正在宣读前两次会议的记录，我一眼就认出那是我的哥哥，他是一个完全对称的正方形，也是高级议会的书记长。每一次这种场合，都有这样的记录:“尽管国家一直受到形形色色的恶意人士的困扰，这些人佯称收到了来自另一个世界的启示，并假装他们要给出证明，借此煽动起他们自己和他人的狂怒。正是由于这个原因，大议会一致做出以下决议:在每个千年的第一天，向平面国的各个地区的行政长官发送特别指令，严格搜寻这些误入歧途的人。在不经过数学检验这一正式手续的情况下，消灭任何角度的等腰三角形之流，鞭笞并囚禁任何正三角形，将任何正方形或五边形送入地方精神病院，逮捕任何等级更高的人，将其直接送到首都，由议会进行审讯和裁决。”

当议会正在第三次通过正式决议时，球体对我说:“你听到你的命运了吧。死亡或监禁将降临到传播三维福音的使徒们的身上。”我回答:“不会是这样的，这一切事情现在对我来说已经如此清楚，真实空间的本质已经极其明了，我想我甚至能让一个孩子理解。只是请让我此刻降下去启发他们。”我的引导者说:“还没到时间，会有时间来做这件事的。在此期间，我必须完成我的使命。你留在原地别动。”他说着这些话，便敏捷地跳进了平面国的海洋里(如果我可以这样称呼它的话)，正好跳入了那些议员围成的圈子中间。他喊道:“我来是要宣告，存在着一个三维的地方。”

我可以看到，随着球体的圆形截面在他们面前变大，许多年轻议员在显露出的恐惧中突然向后退缩。但是，主持会议的圆没有表现出丝毫的惊慌或诧异，在他的指示下，六个低级的等腰三角形从六个不同方位冲向这个球体。他们叫道:“我们抓住他了，没抓住，抓住了，我们还抓着他呢！他要跑了！他跑掉了！”

议长对议会的年轻圆们说:“各位大人，丝毫不需要感到惊讶。只有我一人能接触到的那些秘密档案告诉我，在过去的那两次千禧年起始典礼上也发生过类似的事情。当然，你们是不会在内阁之外谈论这些琐事的。”

然后他提高了嗓门召集护卫队:“逮捕那些警察，堵住他们的嘴。你们知道自己该干什么。”这些注定要倒霉的警察无意之中听到了一个国家秘密，决不允许他们把这个秘密泄露出去。议长把这些不幸的警察交付他们的命运去处理之后，又向议员们说道:“各位大人，会议事务就此结束，我只想祝大家新年快乐。”在离开之前，议长花了相当长的时间向那位书记，也就是我那位优秀而极其不幸的哥哥，表示了诚挚的歉意，因为依照先例，并且为了保密起见，必须判处我哥哥永久监禁，但最后又加了一句表明他的妥善处理：除非我哥哥提起这天发生的事件，命还是可以保住的。

# 19 尽管球体向我展示了空间国的其他奥秘，但我仍渴望看到更多，而我又看到了什么

当我看到我那可怜的哥哥被送往监狱时，我试图往下跳进议事厅，想为他说情，或者至少向他告别。但我发现我自己压根儿就无法自行移动，而完全依赖于引导者的意志。他用阴沉的语调说："现在不用关心你的哥哥；或许今后你会有足够的时间来慰问他。跟我来。"

我们又一次升入空中。球体说："到目前为止，除了平面图形和它们的内部，我还没有向你展示过别的东西。现在我必须向你介绍立体形，并向你揭示它们的构成方式。看这一大堆可移动的正方形卡片。你瞧，我把一张卡片放在另一张上面，不是像你所想的那样，放在另一张的北面，而是放在另一张的上面。现在再放上第二张，现在放上第三张。看哪，我正在用许多彼此平行的正方形构造出一个立体形。现在这个立体形完整了，因为它的长宽高都一样了。我们将它称为一个立方体。"

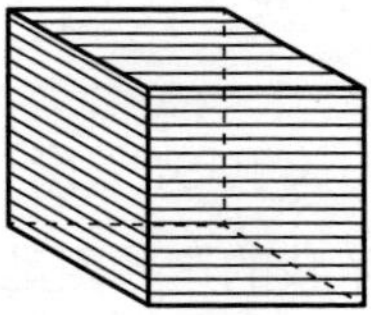

(1)

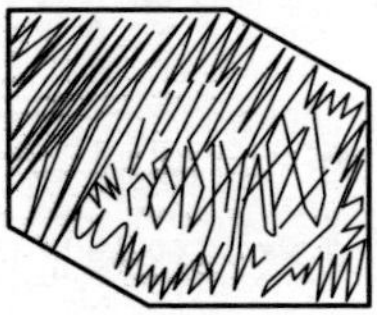

(2)

我回答:“请原谅，阁下，但这个样子在我看来像是一个不规则图形，它的内部敞开着，是可以看见的。换句话说，我认为我看到的不是立体形，而是类似于我们在平面国推断出的一个平面，但是它呈现出一种不规则性，标志着某种滔天罪恶，所以一看到它，我的眼睛就感到痛苦。”

球体说:“确实如此，它在你看来是一个平面，这是因为你不习惯光、影和透视。这就像在平面国中，一个六边形在没有视觉辨认能力的人看来是一条直线段。但它实际上是一个立体形，正如你将通过触摸得知的。”

然后他把我介绍给立方体，我发现这个奇妙的生物确实不是一个平面，而是一个立体形。他天生具有六个平面的面和八个被称为立体角的端点。我还记得球体说过，一个正方形在空间中平行于自身移动，形成的正是像这样的一个生物。我充满喜悦地想到，像我这样一个微不足道的生物，居然在某种意义上可以被认为是如此卓越的一个后代的前辈。

但是我仍然不能完全理解老师告诉我的关于“光”“影”和“透视”的含义。我毫不犹豫地向他提出了我的这些困难。

如果我告诉你球体对这些问题的解释，虽然简洁明了，但对于一个居住在空间国中的人来说，这会很乏味，因为他早已经知道这些事情了。一言以蔽之，通过他清晰的陈述，通过改变物体和灯光的位置，以及通过允许我触摸好几个物体，甚至触摸神圣的球体本人，他终于使我清楚了所有的事情，于是现在我就可以很容易分清一个圆和一个球体、一个平面图形和一个立体形了。

这是我这奇异的多事之秋的顶峰，如在天堂。从此往后，我必须讲述我悲惨跌宕的故事了——最悲惨，但绝对是最不值得的！为什么对知识的渴望只会带来沮丧和惩罚呢？回忆起我遭受过的屈辱，我痛苦不堪，我的意志因之退缩了。然而，我们出于自负，往往把自己的维度限制在2维、3维或除了无穷大之外的任意维数，如果我能以任何方式在平面和立体的人类内心唤起一种对这种自负的反叛精神，那么我愿意做第二个普罗米修斯，忍受这种屈辱，甚至面临更糟的情况。那就把所有的个人顾虑都抛开吧！让我慎终如始，不再离题，也不再作什么预期，沿着历史之路继续不带偏见地叙述下去。要将确切的事实、确切的文字——它们已经铭刻在我脑中——一字不改地记录下来，让我的读者就我和命运两者做出裁决。

球体愿意继续他的课程，向我灌输所有规则立体形的构造，包括圆柱、圆锥、棱锥、五面体、六面体、十二面体和球体的构造，但我冒昧地打断了他。并不是我对知识感到厌倦了。恰恰相反，我渴望汲取的知识比他教给我的要更深刻、更完整。

我说："请原谅，我不能再称您为十全十美的完美者了，但是我要请求您，恩准鄙人看一眼您的内部吧。"

**球体：** 我的什么？

**我：** 您的内部：您的胃，您的肠子。

**球体：** 这种不合时宜的无礼要求从何而来？你说我不再是十全十美的完美者，这又是什么意思？

**我：** 阁下，您自己的智慧已经教会我去向往一个比您更伟大、更美、更接近完美的人。就像您自己，您比平面国的所有形式都更优越，把许多圆结合成一个整体，所以毫无疑问，一定有一个人在您之上，他把许多球体结合成一个至上的存在，甚至超越了空间国的立体形。恰如我们现在这样，在空中俯瞰平面国，看到万物的内部，那么在我们之上肯定还有某个更高、更纯净的区域，您一定打算带我到那里去的。哦，我会永远称呼您，无论何处，在所有维度之中，我的导师、哲学家和朋友。那里有更广阔的空间，即某种具有更多维度的维度空间。我们会从那里的有利地形一起俯瞰立体形事物显露的内部。在那里，您自己的内脏，和与您同一宗族的那些球体的内脏，都将暴露在我这个从平面国被放逐出来的可怜人的眼前，而我已然得到了那么多的恩赐。

**球体：** 呸！住嘴！不要再发表这些不经之谈！时间短暂，在你适合向平面国中你的那些愚昧无知而又不求甚解的同胞们宣扬三维福音之前，还有很多事情要做。

**我：** 不，仁慈的老师，不要禁止我知道您有能力做到的事情。只要允许我看一眼您的内部，我就永远心满意足了。从今以后，我会做您温顺的弟子，做您永远不可获取自由的奴隶，随时准备接受您的一切教诲，从您口中吐出的每一个字眼中得到滋养。

**球体：** 那么好吧，为了让你不再继续提要求，使你停止发表意见，我现在就告诉你，倘若我做得到的话，我就会向你展示你所希望看到的，但是我做不到。你要我把肚子从里翻到外才能满足你的要求吗?

**我:** 但是阁下带我进入了三维国,从而向我展示了我的所有二维国同胞们的内脏。因此,现在请您带我踏上下一段旅程,进入四维福地,应该是再容易不过的事情了吧?我要在那里与您一起再度俯瞰这片三维的土地,看看每一栋三维房屋的内部,看看这片立体形大地的秘密,看看空间国中的矿藏,以及每个立体形生物的内脏,甚至还有高贵的、值得崇拜的各个球体的内脏。

**球体:** 但是这个四维之地在哪里呢?

**我:** 我不知道,但我的老师您无疑是知道的。

**球体:** 我不知道。哪有这样的地方。这种极端的想法完全是匪夷所思。

**我:** 阁下,这对我来说不是匪夷所思,因此对我的主人而言就更不是匪夷所思的了。不,我并没有失去希望,即使在这里,在这三维的区域里,阁下的本领也能使我看到第四维。就像在二维之地,我的老师会用他的技能,欣然让我这个盲人知道了一个第三维无形存在这样一个事实真相，尽管当时我没有看到。

让我回忆过去。您难道在下面没有教导过我，当我看到一条线并推断出一个平面时，我实际上看到的是第三个未被认识的、不同于亮度的、被称为“高”的维度吗？在这个区域里，当我看到一个平面并推断出一个立体形时，难道现在就不能得出，我实际上看到的是一个未被认识的第四维吗？它不同于颜色，但却是存在着的，尽管它微乎其微，因而无法测量。

除此之外，还有一个从图形类比给出的论证。

**球体：** 类比！胡言乱语！什么类比？

**我：** 阁下使得鄙人很想知道，您是否还记得赐给鄙人的那些启示。不要跟我开玩笑，阁下。我迫切需要，我渴望得到更多的知识。毫无疑问，我们现在看不到那另一个更高维的空间国了，因为我们的胃里没有眼睛。不过，正如客观上存在着平面国度，但那可怜的、卑微的直线国君王既不能向左转也不能向右转，因此无法感知这个国度。正如客观上存在着近在咫尺，并且触碰到我身躯的三维之地，但我这个盲目的、无知无觉的可怜虫却没有能力去触摸它，在我的内部也没有眼睛去感知它。确如这两种情况一样，客观上存在着一个第四维度也是确定无疑的，阁下要用内在的思想之眼来感知它。它一定是存在的，这是阁下亲自教导我的。您自己教给鄙人的，岂可忘记呢？

在一维的情况下，一个移动的点不是会产生一条有两个端点的线段吗？

在二维的情况下，一条移动的线段不是会产生一个有四个端点的正方形吗？

在三维的情况下，一个移动的正方形不是会产生那个天赐的生物——一个有八个端点的立方体吗？我的这只眼睛不是也看到了它吗？

而在四维的情况下，一个移动的立方体难道不会产生——如果不是这样的话，那么对于类比就太糟糕了，对于真理的进步也可悲可叹——我是说，一个神圣的立方体的运动难道不会产生一个更完美的、有十六个端点的结构吗？

看看这个绝对可靠地得到证实的数列：2，4，8，16，这不是一个等比数列吗？这难道不是——如果我可以引用阁下自己的话来说——“严格按照类比来进行的”吗？

再者，阁下不是还教导我，一条线段有**两个**边界点，一个正方形有**四条**边界线，因此一个立方体必定有**六个**边界正方形吗？再看一下这个确定的数列2，4，6：这不是一个等差数列吗？因此，神圣的立方体在四维之地的天赐后代必然有8个边界立方体，这难道不是必然的吗？这不也是阁下教我相信的“严格地按照类比来进行的”吗？

哦，阁下，阁下，瞧，我并不知道实际情况，说实话是指望推测。我恳求阁下对我的逻辑预期给予确认或否认。如果我错了，我就让步，不再要求一个第四维。但是，如果我是对的，阁下就得听从道理了。

所以，我要问的是，你的同胞们昔时也见证过比他们自己更高级别的生物的降临，他们不用打开门窗，就可以进入封闭的房间，随意出现和消失，就像阁下进入我的房间那样，这是不是事实？对于这个问题的回答，我愿意赌上我的一切。如果您说没有这么一回事，那么我就从此沉默。只需请您给我一个答复。

**球体：** （停顿一下后）是有这样的一些报道。但是人们对其事实真相看法不一。即使承认了这些事实，他们也会用不同的方式来做出解释。然而无论如何，不管有多少种不同的解释，其中都没有一种采纳或暗示过第四维的理论。因此，务必请你了结了这件区区小事，让我们回到正题上吧。

**我：** 我对此很有把握。我确信我的预期将会实现。现在请对我耐心一点儿，再回答我一个问题，我最好的老师！这样出现过又已回去的人们——没人知道他们是从哪里来的，也没人知道他们去往何处。他们已将他们的截面收缩了起来，又不知怎么地消失在那更宽阔的空间里了，我现在恳求你把我带到那里去吧？

**球体：** （忧郁地）即使他们曾经出现过的话，现在也已经消失了。但是大多数人说，这些幻象源自思想——你不会明白我的意思——源自大脑，源自那些多角性受到扰乱的占卜家。

**我：** 他们是这么说的吗？哦，别相信他们。或者，如果真的是这样，这另一个空间就是真正的思想国，那么请带我去那片福地，在那里我将在思想中看到所有立体形事物的内部。在那里，我将陶醉于看到有一个立方体在向着某个全新的方向移动，却是严格按照类比来移动的，于是他内部的每个颗粒都通过一种新的空间，都有着自己的尾迹。这就会创造出一个比他自己更加完美的完美者，有十六个超立体角的端点，还有八个立方体作为其边界。一旦到了那里，我们还要保持我们向上的进程吗？在那四维福地中，我们要不要留恋徘徊在第五维的门槛上，而不进入那里？啊，不！让我们下定决心，我们的雄心壮志将随着我们的身体飞升。然后，顺应着我们的智力上的攻势，第六维的大门将会豁然开启。然后是第七维，再然后是第八维……

我不知道还继续说了多久。球体以他雷鸣般的声音重复着要我保持沉默的命令，并威胁说，如果我再坚持下去，就给我最可怕的惩罚，但这一切都是徒劳。什么也阻挡不了我狂热的渴望。也许我是该受到责怪的，但我确实陶醉在他最近亲自引领我汲取的真知灼见之中。然而，好景不长。我的话突然被外面的一声巨响打断了，同时也被我内心的一声巨响打断了，这两声巨响迫使我以一种令我失去说话能力的速度在空间穿行。往下！往下！往下！我在迅速下降。我知道我注定要回到平面国去了。我瞥了一眼在我眼前展开的那单调平坦的茫茫一片，这是最后一眼，也是永远不会忘记的一眼，现在这茫茫一片即将再次变成我的天地万物。然后是一片黑暗。然后是最后的一声、标志着一切都圆满的雷鸣。当我回过神来的时候，我又变成了一个普通的爬行的正方形，在我家的书房里，听着我妻子向我走近时发出的那平和鸣叫声。

# 20 球体如何在幻境中鼓励我

虽然我只有不到一分钟的时间来思考，但出于一种本能，我觉得我必须对妻子隐瞒我的所有经历。那一刻，我倒不是担心因她泄露我的秘密而带来什么危险。但我知道，对于平面国的任何一个女人来说，我的冒险故事一定会是不知所云。因此，我就根据当时的场合编出一个故事来力求消除她的疑虑，说我不小心从地窖的活板门摔了下去，并且在那里昏过去了。

我国向南的吸引力是如此之小，以至于即使对一个女人来说，我的故事也必然会显得离奇，几乎难以置信。可是我的妻子，她远比一般女性来得见多识广。她觉察到我异常激动，所以没有就这个问题同我争辩，而是坚持说我病了，需要休息。我很高兴有了一个借口，可以回到我的房间，静静地思考所发生的事情。当我终于独自一人时，我产生了一种昏昏欲睡的感觉。但在我闭上眼睛之前，我努力在脑海中重现第三维，特别是通过一个正方形的运动来构造一个立方体的过程。这并不像我原本希望的那样清楚，但我记得必须是“向上，但不是向北”，于是我下定决心，要牢牢记住这些字眼，把它们作为一条线索。如果我牢牢抓住这些字眼，那就一定会将我引向解决办法。于是我像念咒语一样机械地重复着“向上，但不是向北”这几个字眼，我进入了一种令人重振精神的酣睡状态。

我在小酣之中做了一个梦。我想我又一次回到了球体的身边，他那有光泽的色调表明，他对我的愤怒已转变为完全的平和了。我们一起朝着一个明亮但无穷小的点前进，他引导我注意这个方向。当我们走近时，我想这个点发出了一种轻微的嗡嗡声，就像你们空间国中的青蝇发出的那种声音，只是远没有那么响亮。这声音如此细不可闻，即使在我们飞行的虚空之中，那种完美的宁静状态下，直到我们在离它不到二十人的对角线长度的地方察看我们的飞行情况时，这声音才达到我们的耳朵。

我的引导者说：“看那边，那是你所住的平面国，你已经看到过一个关于线性国的幻境，你还与我一起飞到过空间国的高处。现在，为了完整你的经历范围，我引导你向下，到达存在的最深处，甚至到达点国的疆域，那是一个无维度的深渊。

“看，那边的这个可怜的家伙。那个点是像我们一样的生物，但被幽禁在这一无维度的深渊里。他自己就是他自己的世界，他自己的宇宙。除了他自己以外，他不能形成任何其他概念。他不知道长，不知道宽，也不知道高，因为他对于这些从未有过任何体验。他甚至对数字2都没有任何认识。他对复数也没有一点思想。因为他自己就是他的一切，他的全部，而他实际上什么都不是。然而，请注意，他十足地自我满足。因此从中要学会这样一个教训：自我满足就是堕落和无知，有渴望和追求比毫无远见的、不起作用的快乐要好。现在，请听。”

他停了下来。那嗡嗡作响的小东西发出一种微小、低沉、单调、但却清晰的叮叮声，就像从你们空间国的一个留声机里发出来的，我从中听到了这样的话：“存在的无限至福就是它！除了它以外，就没有别的了。”

我说：“这个微小的生物所说的‘它’是什么意思？”球体说：“他指的是他自己，你以前没有注意到吗？那些不能把自己与世界区分开来的婴孩和幼稚的人，他们用第三人称来谈论自己。但是嘘！”

这个自言自语的小东西继续说：“它填满了所有的空间，它所填满的，就是它。它所想的，就是它。它所说的，就是它。它本身就是思考者、话语者、听者、思想、话语、听觉。它是一，但也是一切的一切。啊，幸福，啊，存在的幸福！”

我说：“你难道不能让这小东西从自满中惊醒吗？就像你当初告诉我的那样，告诉它，它实际上是什么，向它揭示点国的狭隘局限，并把它一路向上引到某种更高的东西。”球体说：“这绝不是件容易的事，你去试试。”

说到这里，我把声音提高到最高，向那个点说了以下这些话：

“安静，安静，可鄙的东西。你把自己称为一切的一切，但你什么都不是。你所谓的宇宙只不过是在一条线段上的一个微粒，而一条线段只不过是一个影子，如果相比于……”球体打断了我：“嘘，嘘，你说得够多了。现在听它说，注意你慷慨激昂的演说对点国国王产生的影响。”

这位君王听了我的话，比以往任何时候都更容光焕发，他的光泽清楚地表明，他仍然沉浸在他的自满之中。我还没完全停止，他又在继续他那连珠炮似的雄辩了。“啊，快乐，啊，思想的快乐！有什么是它不能通过思考来实现的！它自己的思想重又苏醒，唤起了它的轻蔑，从而增加它的幸福！温和的反叛被激起，结果是它得胜了！啊，万物合一，神圣的创造力量！啊，快乐，存在的快乐！”

我的老师说：“你看到了吧，你的话所起的作用是多么微乎其微。要是这位君王对这些话有一点点理解的话，那就是他就把它们理解为是他自己的。因为他除了自己以外无法设想任何其他东西。他还将‘它的思想’的多样性当作他的创造力的一个实例而引以为傲。我们让这个点国的统治者躺在他的无所不在、无所不知带来的愚昧成果上吧。无论你或我做什么，都不能把他从洋洋自得中解救出来。”

在这之后，当我们缓缓地飘回到平面国时，我能听到旅伴温和的声音，他指出我的幻境的寓意，激励我去追求，并教导别人去追求。他承认，起初他被我要飞到第三维以上的野心激怒了，但从那以后，他有了全新的见解。他并没有骄傲到不肯向自己的学生承认错误。然后他开始带领我进入比我所见证过的、更高的奥秘，向我展示如何通过立体形的运动来构建出超立体形，以及通过超立体形的运动来构建出超超立体形。这些构建过程都是“严格按照类比来进行的”，采用的都是如此简单、如此容易的方法，甚至对于女性来说也是简单明了的。

# 我如何设法把三维理论传授给我的孙子，又取得了怎样的结果

# 21

我欣喜地醒来，开始思考我面前的光辉事业。我想，我要立刻出发，去向整个平面国传播福音。甚至对妇女和士兵也应该宣讲三维福音。我将从我的妻子开始。

正当我决定我的行动计划时，听到街上许多声音在命令大家肃静。接着是一个更响亮的声音。这是一名传令官在发布公告。我仔细地听着，辨认出了议会决议中的词句，命令逮捕、监禁或处决任何用欺骗迷惑和声称从另一个世界得到启示而腐蚀人民思想的人。

我深思了片刻。这种危险不容小觑。为了避免这种情况的发生，最好的办法是完全不要提起我的惊人新发现，而是沿着演示之路进行。毕竟，这条道路看起来是那么简单、那么确定无疑，以至于抛弃前一种方式也不会有任何损失。"向上，而不是向北"——这是整个论证的线索。在我入睡之前，一切在我看来都相当清楚。当我刚从睡梦中

醒来时，一切也像算术运算一样显而易见。但不知何故，现在一切在我看来却不那么明显了。虽然我的妻子恰好在那个时候进屋，但在我们说了几句平常的话之后，我决定不要从她开始。

我的五边形儿子们都是品格高尚、地位显赫的人，他们都是声名远扬的医生，但并不精于数学，因此在这方面并不适合我的目的。但我突然想到，一个年轻、愿意学习、有数学头脑的六边形会是一个非常合适的学生。因此，为什么不让我那早慧的小孙子来完成我的第一个实验呢？他随口说说的关于$3^3$的意义得到了球体的嘉许。他只不过是一个小男孩，跟他讨论此事，我应该是完全安全的。因为他对议会的公告一无所知。如果我的儿子们发现我在严肃地维护着第三维的煽动性异端邪说的话，他们是否不会主动地把我送交给圆，对于这一点我不大有把握。这要看他们的爱国主义和对圆的崇敬是否如此强烈地压倒了纯粹的盲目情感。

不过，我首先得设法满足我妻子的好奇心，她自然想知道我当初认为那么形似圆形的那个球体希望与我私下谈一谈的原因，以及他是怎样进到这所房子里来的。我给了她一个苦心想出来的描述。因为我怕这种描述与真实性（这正是我在空间国中的读者所想望的）不一致，所以就不再去详述其细节了。我终于成功说服了她，让她一言不发地又去做家务了,而没有从我这里探得任何与三维世界相关的事情。这件事办好以后，我立刻派人去把我的孙子叫来。因为坦白地说，我觉得我所看到和听到的一切都在以某种奇怪的方式从我身上溜走，就像一个半信半疑的、可望而不可即的梦境一样。我渴望一试我的本领，教导出第一个门徒。

我的孙子走进房间后，我小心地把门关紧。然后，我坐在他旁边，拿起我们的数学记事板，或者按照你们的叫法是记事“线”。我告诉他，我们将继续昨天的课。我又一次教他，在一维的情况下，一个点的运动如何产生出一条直线段，而在二维的情况下，一条直线段如何产生出一个正方形。说完这些，我勉强地哈哈一笑说:“现在，你这个顽皮的小家伙，你之前想让我相信，一个正方形也可以通过同样的方式‘向上，而不是向北’运动，产生另一个图形，一个三维的所谓超正方形。再说一遍，你这个小调皮鬼。”

这时，我们又听到在外面街道上宣布议会公告的那位传令官在说:“哦，注意了! 哦，注意了! ”我的孙子在他这个年龄是属于异常聪明的，并且在对圆的权威的绝对崇敬中长大。他虽然年少，却敏锐地认清了这一局面，而我反而毫无防范。他一直缄口不言，直到公告的最后几句话渐渐消失，此时，他突然大哭了起来。他说:“亲爱的爷爷，那只是我在找乐子，我那样说当然是毫无意义的。那时，我们对这条新法律一无所知。我想我没有说过任何关于第三维的事情。我肯定我没有说过‘向上，而不是向北’这句话中的任何一个字,因为你知道那完全是胡说八道。一个东西怎么能向上移动而不向北移动呢？向上而不是向北！即便我是一个婴儿,也不会蠢到如此地步。那有多弱智啊！哈！哈！哈！”

我发脾气了，说道:“一点也不弱智，举个例子，我拿这个正方形来说。”我说着这话，取过了就在我手边的一个可移动的正方形。“我移动它，你看，不是向北，是的，我把它向上移动，也就是说，我把它移动到某个地方，但不是北方。并不完全是这样，但是以某种方式……”我的话说到这里竟落得这样一个无意义的结局。我漫无目的地摇晃着那个正方形，令我的孙子乐不可支。他突然大笑起来，笑声比以往任何时候都响，还断言我不是在教他，而是在跟他开玩笑。说着，他打开门跑出了房间。我第一次试图使一个学生皈依三维福音的尝试就这样结束了。

# 我如何尝试用其他方法来传播三维理论，结果如何

# 22

我在孙子身上的尝试失败并没有促使我把我的秘密告诉家里的其他人，但我也没有因此就对成功感到绝望。只是我明白了一件事，那就是我不应该完全依赖“向上，而不是向北”这句口头语，而应该努力寻求一种在公众面前展示的方法以达到对整个问题有一个清晰的看法。为了达到这个目的，看来有必要诉诸文字了。

因此，我花了好几个月的时间，秘密地撰写了一篇关于三维奥秘的专题论文。只是为了逃避法律，如果可能的话，我就不说物理维度，而是说思想国里的情况。从理论上讲，那里的一个图形可以俯瞰平面国，同时看到万物的内部。也许应该认为那里存在着一种图形，它可以说是由6个正方形包围的，并包含着8个端点。但是，写这本书的时候，我发现自己很不幸地受到了束缚，我不可能画出达到我的目的所必需的那种示意图。因为在我们这个平面国中，当然没有记事板，只有线段，因此也没有平面示意图，只有线

段。一切都在一条直线上，只能靠大小和亮度来区分。因此，当我完成了我的论文（我将其命名为“通过平面国到思想国”）之后，我并不能确定会有许多人理解我的意思。

与此同时，我的生活阴云密布。所有的娱乐都令我感到乏味，所有的景象都在诱惑我说出叛国的话来，因为我不禁要把我在二维空间中看到的东西与它们在三维空间中真实看起来的样子进行比较，而且我几乎忍不住要大声地把我的种种比较说出来。我怠慢我的委托人、疏于自己的事情，整天沉湎于思忖那些我曾经看到过的神秘事物，然而我却不能将它们告知任何人。更何况我发现随着一天天过去，甚至在我自己脑海中的幻象前要再现它们，也在变得越来越困难了。

在我从空间国返回大约11个月后的一天，我试图闭上眼睛去看一个立方体，但失败了。虽然后来我还是成功地看到了，但当时我并不十分确定（后来也从未确定过）我是否完全再现了原来的立方体。这使我比以前更加忧郁了，我决意要采取措施，但并不知道该怎样去做。我觉得如果我能因此使人们产生坚定信念信服的话，那么我愿意为这一事业牺牲我的生命。但如果我连小孙子都说服不了，又怎么能说服这个国家中地位最高、进化程度最高的那些圆呢？

然而，我的情绪有时候过于强烈，以致我说出了危险的言辞。即使我没有被视为叛国的话，也已经被认为是异端，因此我强烈地意识到自己身处的危险。尽管如此，我有时还是忍不住要发出一些容易引起怀疑的或半煽动性的言论，即使是置身于最高级的多边形和圆形群体中也是如此。例如，当人们提出要治疗那些疯子(他们说自己获得了看见事物内部的本领)的问题时，我就会引用一个古代的圆的说法，他宣称先知和受过神灵启蒙的人们总是被大多数人认为是疯子。我偶尔也会情不自禁地随口漏出一些表达方式，比如说“洞察事物内部的眼睛”和“无所不见的国度”。有一两次，我甚至脱口说出了“第三维和第四维”这两个违禁的词语。使这一大堆言行失检臻于至境的事件是：在正圆本人的宫殿里举行的我们当地思辨学会的一次会议上，有一个极其愚蠢的人宣读一篇精心构思的论文，阐述了为什么天道把维数限制在2的原因，以及为什么只有万物之主才拥有无所不见的能力，我竟如此忘乎所以，以至于一丝不苟地讲述了自己的整个旅程，包括我跟球体一起进入空间，一起回到我们大都市的议事厅，然后又回到空间，回到我的家，以及讲述了我在现实或幻境中所看到和听到的一切。一开始，我确实是假装在描述一个虚构的人幻想出来的经历，但随之而来的热烈情绪很快迫使我抛开所有的伪装。最后，我以一段热烈的结束语规劝所有听众摆脱偏见，成为第三维的信奉者。

结果还需要说吗？我立即被逮捕，并被带到议会跟前。

第二天早上，就在几个月前我和球体一起站立的地方，我被允许开始我的叙述，并且可以不受质疑、不受干扰地继续下去。但从一开始，我就预见到了自己的命运。因为当时有一群比较高级的警察在场，他们的顶角即使小于55°，也几乎察觉不到其差异。议长注意到这一点，便在我开始辩护之前就将他们撤下了，换上了顶角为2°或3°的低级三角形。这一切意味着什么，我太清楚了。我要么被处死，要么被监禁，而那些听了我的申辩的官员们也将同时被杀无赦，从而使我的故事能对全世界保密。因为正是在这种情况下，议长希望用牺牲更低劣的三角形来代替那些比较有价值的三角形。

在我结束了我的申辩之后，议长也许意识到一些初级的圆已经被我明显的诚挚所感动，于是问了我两个问题：

1. **我是否能指出当我说到“向上，而不是向北”这句话时，我所表示的方向在哪里？**
2. **我是否可以利用任何示意图或描述（除了列举那些虚构的边和角之外）来表明我乐于称之为立方体的那个构形？**

我表明，我已无法再更多说什么了，我必须献身于真理，因为真理的事业终将大胜。

议长回答说，他完全赞同我的思想感情，而且我也已经做到极致了。我必须被判处永久监禁。但是，如果真理意欲让我从监狱里出来，向世界传福音，那么也许就该相信真理会使这个结果得以实现。在这段时间里，我只受到那些为防止我越狱所采取的措施而带来的种种不适，而不会受到任何其他的折磨。我还可以偶尔见见比我先入狱的哥哥，除非我因为行为不端而被剥夺了这项特别待遇。

七年过去了，我仍然是一个囚犯，而且除了我哥哥偶尔的探访以外，我只能与狱卒为伴。我的哥哥是最优秀的正方形之一，贤良正直、通情达理、性格开朗，而且不乏兄弟之情。然而，我必须承认，每周的探访至少在一个方面给我带来了最苦涩的痛苦。球体出现在议事厅时，他是在场的。他看到了球体变化着的截面，他听到了随后就这种现象对圆们所给出的解释。从那时起，在这整整七年的时间里，他几乎每个星期都有一次在听我重复我在球体的那次显形过程中所扮演的角色，以及我对空间国中所有现象的大量描述，还有从类比中得出的有关立体形物体存在的论证。然而我感到羞愧的是，我不得不承认，我的哥哥尚未理解第三维的本质，并且率直地表明他怀疑球体的存在。

因此，我完全找不到皈依者。而且，就我所见，千禧年的启示对我来说是毫无意义的。高居空间国的普罗米修斯注定要为凡人带来火种，而我这个可怜的、平面国里的普罗米修斯，没有给我的同胞带来任何东西，却因此躺在监狱里。然而，我仍然生活在希望之中——这些回忆录可能会因某种力量进入某个维度中人类的思想，虽然我不知道是什么力量。并且它们可能会唤醒一批叛逆者，他们一定会拒绝被限制在限定的维度之内。

这是我在光明时刻的希望。可惜，情况并不总是如此。对于那个曾经见到过、又常常惦念着的立方体，我却不能老老实实地说，我对它的确切形状深信无疑，烦心地想到这一点时时会让我感到沉重的负担。在我夜间的幻境中，“向上，而不是向北”这句神秘的箴言像吞噬灵魂的斯芬克斯[1]一样萦绕着我。当立方体和球体的存在变得缥缈，隐入那几乎不可能存在的隐蔽之处时，当三维之地变得似乎与一维之地或零维之地一样虚幻之际，不仅如此，甚至当这堵阻止我通向自由的高墙、我正在书写的这些记事板，以及平面国本身的种种现实，这一切看起来也不过是病态想象的产物，或者是梦中毫无根据地编制而成的东西之时，我就会在这一段段的时期中处于精神虚弱的状态，而这就是我为追求真理事业所忍受的巨大痛苦的一部分。

1 斯芬克斯（Sphinx）最初源于古埃及的神话，它被描述为长有翅膀的怪物，共有人面狮身、羊头狮身和鹰头狮身三种。著名的斯芬克斯狮身人面像位于现在的埃及开罗市西侧。——译注

# THIS WORLD

## PART I

# 1

*"Be patient, for the world is broad and wide."*

# Of the Nature of Flatland

1

I call our world Flatland, not because we call it so, but to make its nature clearer to you, my happy readers, who are privileged to live in Space.

Imagine a vast sheet of paper on which straight Lines, Triangles, Squares, Pentagons, Hexagons, and other figures, instead of remaining fixed in their places, move freely about, on or in the surface, but without the power of rising above or sinking below it, very much like shadows—only hard and with luminous edges—and you will then have a pretty correct notion of my country and countrymen. Alas, a few years ago, I should have said "my universe": but now my mind has been opened to higher views of things.

In such a country, you will perceive at once that it is impossible that there should be anything of what you call a "solid" kind; but I dare say you will suppose that we could at least distinguish by sight the Triangles, Squares, and other figures, moving about as I have described them. On the contrary, we could see nothing of the kind, not at least so as to distinguish one figure from another. Nothing was visible, nor could be visible, to us, except Straight Lines; and the necessity of this I will speedily demonstrate.

Place a penny on the middle of one of your tables in Space; and leaning over it, look down upon it. It will appear a circle.

But now, drawing back to the edge of the table, gradually lower your eye (thus bringing yourself more and more into the condition of the inhabitants of Flatland), and you will find the penny becoming more and more oval to your view; and at last when you have placed your eye exactly on the edge of the table (so that you are, as it were, actually a Flatlander) the penny will then have ceased to appear oval at all, and will have become, so far as you can see, a straight line.

The same thing would happen if you were to treat in the same way a Triangle, or Square, or any other figure cut out of pasteboard. As soon as you look at it with your eye on the edge of the table, you will find that it ceases to appear to you a figure, and that it becomes in appearance a straight line. Take for example an equilateral Triangle—who represents with us a Tradesman of the respectable class. Fig. (1) represents the Tradesman as you would see him while you were bending over him from above; figs. (2) and (3) represent the Tradesman, as you would see him if your eye were close to the level, or all but on the level of the table; and if your eye were quite on the level of the table (and that is how we see him in Flatland) you would see nothing but a straight line.

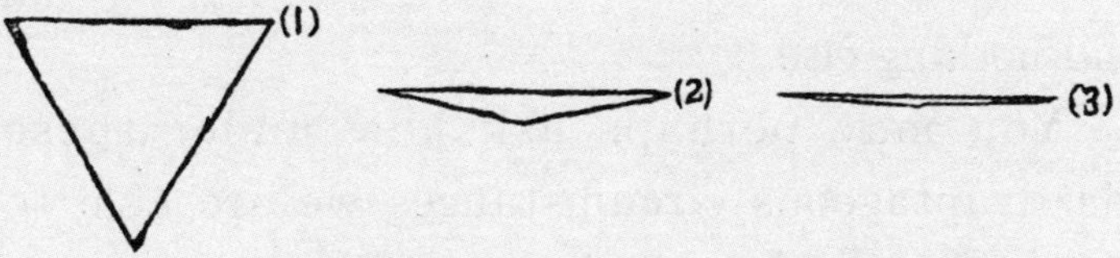


When I was in Spaceland I heard that your sailors have very similar experiences while they traverse your seas and discern some distant island or coast lying on the horizon. The far-off land may have bays, forelands, angles in and out to any number and extent; yet at a distance you see none of these (unless indeed your sun shines bright upon them, revealing the projections and retirements by means of light and shade), nothing but a grey unbroken line upon the water.

Well, that is just what we see when one of our triangular or other acquaintances comes towards us in Flatland. As there is neither sun with us, nor any light of such a kind as to make shadows, we have none of the helps to the sight that you have in Spaceland. If our friend comes closer to us we see his line becomes larger; if he leaves us it becomes smaller: but still he looks like a straight line; be he a Triangle, Square, Pentagon, Hexagon, Circle, what you will—a straight Line he looks and nothing else.

You may perhaps ask how under these disadvantageous circumstances we are able to distinguish our friends from one another: but the answer to this very natural question will be more fitly and easily given when I come to describe the inhabitants of Flatland. For the present let me defer this subject, and say a word or two about the climate and houses in our country.

# Of the Climate and Houses in Flatland

## 2

As with you, so also with us, there are four points of the compass—North, South, East, and West.

There being no sun nor other heavenly bodies, it is impossible for us to determine the North in the usual way; but we have a method of our own. By a Law of Nature with us, there is a constant attraction to the South; and, although in temperate climates this is very slight—so that even a Woman in reasonable health can journey several furlongs northward without much difficulty—yet the hampering effect of the southward attraction is quite sufficient to serve as a compass in most parts of our earth. Moreover the rain (which falls at stated intervals) coming always from the North, is an additional assistance; and in the towns we have the guidance of the houses, which of course have their sidewalls running for the most part North and South, so that the roofs may keep off the rain from the North. In the country, where there are no houses, the trunks of the trees serve as some sort of guide. Altogether, we have not so much difficulty as might be expected in determining our bearings.

Yet in our more temperate regions, in which the southward attraction is hardly felt, walking sometimes in a perfectly desolate plain where there have been no houses nor trees to guide me, I have been occasionally compelled to remain stationary for hours together, waiting till the rain came before continuing my journey. On the weak and aged, and especially on delicate Females, the force of attraction tells much more heavily than on the robust of the Male Sex, so that it is a point of breeding, if you meet a Lady in the street, always to give her the North side of the way—by no means an easy thing to do always at short notice when you are in rude health and in a climate where it is difficult to tell your North from your South.

Windows there are none in our houses: for the light comes to us alike in our homes and out of them, by day and by night, equally at all times and in all places, whence we know not. It was in old days, with our learned men, an interesting and oft-investigated question, "What is the origin of light?" and the solution of it has been repeatedly attempted, with no other result than to crowd our lunatic asylums with the would-be solvers. Hence, after fruitless attempts to suppress such investigations indirectly by making them liable to a heavy tax, the Legislature, in comparatively recent times, absolutely prohibited them. I—alas, I alone in Flatland—know now only too well the true solution of this mysterious problem; but my knowledge cannot be made intelligible to a single one of my countrymen; and I am mocked at—I, the sole possessor of the truths of Space and of the theory of the introduction of Light from the world of Three Dimensions—as if I were the maddest of the mad! But a truce of these painful digressions: let me return to our houses.

The most common form for the construction of a house is five-sided or pentagonal, as in the annexed figure. The two Northern sides RO, OF, constitute the roof, and for the most part have no doors; on the East is a small door for the Women;

on the West a much larger one for the Men; the South side or floor is usually doorless.

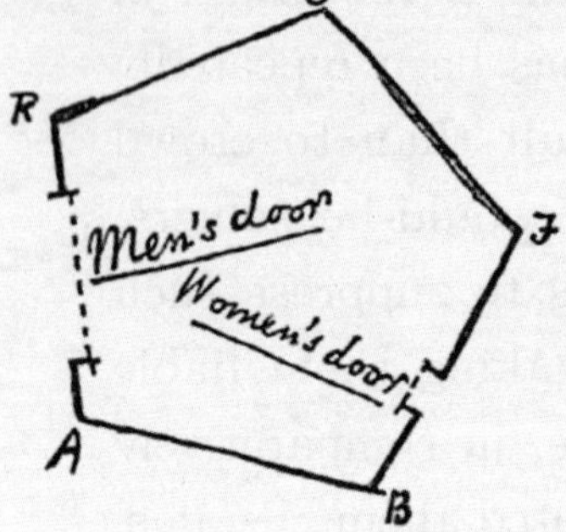


Square and triangular houses are not allowed, and for this reason. The angles of a Square (and still more those of an equilateral Triangle), being much more pointed than those of a Pentagon, and the lines of inanimate objects (such as houses) being dimmer than the lines of Men and Women, it follows that there is no little danger lest the points of a square or triangular house residence might do serious injury to an inconsiderate or perhaps absent-minded traveller suddenly running against them: and therefore, as early as the eleventh century of our era, triangular houses were universally forbidden by Law, the only exceptions being fortifications, powder-magazines, barracks, and other state buildings, which it is not desirable that the general public should approach without circumspection.

At this period, square houses were still everywhere permitted, though discouraged by a special tax. But, about three centuries afterwards, the Law decided that in all towns containing a population above ten thousand, the angle of a Pentagon was the smallest house-angle that could be allowed consistently with the public safety. The good sense of the community has seconded the efforts of the Legislature; and now, even in the country, the pentagonal construction has superseded every other. It is only now and then in some very remote and backward agricultural district that an antiquarian may still discover a square house.

# 3 Concerning the Inhabitants of Flatland

The greatest length or breadth of a full grown inhabitant of Flatland may be estimated at about eleven of your inches. Twelve inches may be regarded as a maximum.

Our Women are Straight Lines.

Our Soldiers and Lowest Classes of Workmen are Triangles with two equal sides, each about eleven inches long, and a base or third side so short (often not exceeding half an inch) that they form at their vertices a very sharp and formidable angle. Indeed when their bases are of the most degraded type (not more than the eighth part of an inch in size) they can hardly be distinguished from Straight Lines or Women; so extremely pointed are their vertices. With us, as with you, these Triangles are distinguished from others by being called Isosceles; and by this name I shall refer to them in the following pages.

Our Middle Class consists of Equilateral or Equal-sided Triangles.

Our Professional Men and Gentlemen are Squares (to which class I myself belong) and Five-sided figures or Pentagons.

Next above these come the Nobility, of whom there are several degrees, beginning at Six-sided Figures, or Hexagons, and from thence rising in the number of their sides till they receive the honourable title of Polygonal, or many-sided. Finally when the number of the sides becomes so numerous, and the sides themselves so small, that the figure cannot be distinguished from a circle, he is included in the Circular or Priestly order; and this is the highest class of all.

It is a Law of Nature with us that a male child shall have one more side than his father, so that each generation shall rise (as a rule) one step in the scale of development and nobility. Thus the son of a Square is a Pentagon; the son of a Pentagon, a Hexagon; and so on.

But this rule applies not always to the Tradesmen, and still less often to the Soldiers, and to the Workmen; who indeed can hardly be said to deserve the name of human Figures, since they have not all their sides equal. With them therefore the Law of Nature does not hold; and the son of an Isosceles (*i.e.* a Triangle with two sides equal) remains Isosceles still. Nevertheless, all hope is not shut out, even from the Isosceles, that his posterity may ultimately rise above his degraded condition. For, after a long series of military successes, or diligent and skilful labours, it is generally found that the more intelligent among the Artisan and Soldier classes manifest a slight increase of their third side or base, and a shrinkage of the two other sides. Intermarriages (arranged by the Priests) between the sons and daughters of these more intellectual members of the lower classes generally result in an offspring approximating still more to the type of the Equal-sided Triangle.

Rarely—in proportion to the vast number of Isosceles births—is a genuine and certifiable Equal-sided Triangle produced from Isosceles parents.[1] Such a birth requires, as its antecedents, not

1 "What need of a certificate?" a Spaceland critic may ask: "Is not the procreation of a Square Son a certificate from Nature herself, proving the Equal-sidedness of the Father?" I reply that no Lady of any position will marry an uncertified Triangle. Square offspring has sometimes resulted from a slightly Irregular Triangle; but in almost every such case the Irregularity of the first generation is visited on the third; which either fails to attain the Pentagonal rank, or relapses to the Triangular.

only a series of carefully arranged intermarriages, but also a longcontinued exercise of frugality and self-control on the part of the would-be ancestors of the coming Equilateral, and a patient, systematic, and continuous development of the Isosceles intellect through many generations.

The birth of a True Equilateral Triangle from Isosceles parents is the subject of rejoicing in our country for many furlongs round. After a strict examination conducted by the Sanitary and Social Board, the infant, if certified as Regular, is with solemn ceremonial admitted into the class of Equilaterals. He is then immediately taken from his proud yet sorrowing parents and adopted by some childless Equilateral, who is bound by oath never to permit the child henceforth to enter his former home or so much as to look upon his relations again, for fear lest the freshly developed organism may, by force of unconscious imitation, fall back again into his hereditary level.

The occasional emergence of an Equilateral from the ranks of his serf-born ancestors is welcomed, not only by the poor serfs themselves, as a gleam of light and hope shed upon the monotonous squalor of their existence, but also by the Aristocracy at large; for all the higher classes are well aware that these rare phenomena, while they do little or nothing to vulgarise their own privileges, serve as a most useful barrier against revolution from below.

Had the acute-angled rabble been all, without exception, absolutely destitute of hope and of ambition, they might have found leaders in some of their many seditious outbreaks, so able as to render their superior numbers and strength too much for the wisdom of the Circles. But a wise ordinance of Nature has decreed that, in proportion as the working-classes increase in intelligence, knowledge, and all virtue, in that same proportion their acute angle (which makes them physically terrible) shall increase also and approximate to the comparatively harmless angle of the Equilateral Triangle. Thus, in the most brutal and formidable of the soldier class—creatures almost on a level with women in their lack of intelligence—it is found that, as they wax in the mental ability necessary to employ their tremendous penetrating power to advantage, so do they wane in the power of penetration itself.

How admirable is this Law of Compensation! And how perfect a proof of the natural fitness and, I may almost say, the divine origin of the aristocratic constitution of the States in Flatland! By a judicious use of this Law of Nature, the Polygons and Circles are almost always able to stifle sedition in its very cradle, taking advantage of the irrepressible and boundless hopefulness of the human mind. Art also comes to the aid of Law and Order. It is generally found possible—by a little artificial compression or expansion on the part of the State physicians—to make some of the more intelligent leaders of a rebellion perfectly Regular, and to admit them at once into the privileged classes; a much larger number, who are still below the standard, allured by the prospect of being ultimately ennobled, are induced to enter the State Hospitals, where they are kept in honourable confinement for life; one or two alone of the more obstinate, foolish, and hopelessly irregular are led to execution.

Then the wretched rabble of the Isosceles, planless and leaderless, are either transfixed without resistance by the small body of their brethren whom the Chief Circle keeps in pay for emergencies of this kind; or else more often, by means of jealousies and suspicions skilfully fomented among them by the Circular party, they are stirred to mutual warfare, and perish by one another's angles. No less than one hundred and twenty rebellions are recorded in our annals, besides minor outbreaks numbered at two hundred and thirty-five; and they have all ended thus.

# Concerning the Women

4

If our highly pointed Triangles of the Soldier class are formidable, it may be readily inferred that far more formidable are our Women. For if a Soldier is a wedge, a Woman is a needle; being, so to speak, *all* point, at least at the two extremities. Add to this the power of making herself practically invisible at will, and you will perceive that a Female, in Flatland, is a creature by no means to be trifled with.

But here, perhaps, some of my younger Readers may ask *how* a woman in Flatland can make herself invisible. This ought, I think, to be apparent without any explanation. However, a few words will make it clear to the most unreflecting.

Place a needle on a table. Then, with your eye on the level of the table, look at it side-ways, and you see the whole length of it; but look at it end-ways, and you see nothing but a point, it has become practically invisible. Just so is it with one of our Women. When her side is turned towards us, we see her as a straight line; when the end containing her eye or mouth—for with us these two organs are identical—is the part that meets our eye, then we see nothing but a highly lustrous point; but when the back is presented to our view, then—being only sub-lustrous, and, indeed, almost as dim as an inanimate object—her hinder extremity serves her as a kind of Invisible Cap.

The dangers to which we are exposed from our Women must now be manifest to the meanest capacity in Spaceland. If even the angle of a respectable Triangle in the middle class is not without its dangers; if to run against a Working Man involves a gash; if collision with an Officer of the military class necessitates a serious wound; if a mere touch from the vertex of a Private Soldier brings with it danger of death;—what can it be to run against a Woman, except absolute and immediate destruction? And when a Woman is invisible, or visible only as a dim sub-lustrous point, how difficult must it be, even for the most cautious, always to avoid collision!

1 When I was in Spaceland I understood that some of your Priestly Circles have in the same way a separate entrance for Villagers, Farmers and Teachers of Board Schools (*Spectator*, Sept. 1884, p. 1255) that they may "approach in a becoming and respectful manner."

Many are the enactments made at different times in the different States of Flatland, in order to minimize this peril; and in the Southern and less temperate climates, where the force of gravitation is greater, and human beings more liable to casual and involuntary motions, the Laws concerning Women are naturally much more stringent. But a general view of the Code may be obtained from the following summary:—

1. Every house shall have one entrance in the Eastern side, for the use of Females only; by which all Females shall enter "in a becoming and respectful manner"[1] and not by the Men's or Western door.
2. No Female shall walk in any public place without continually keeping up her Peace-cry, under penalty of death.
3. Any Female, duly certified to be suffering from St. Vitus's Dance, fits, chronic cold accompanied by violent sneezing, or any disease necessitating involuntary motions, shall be instantly destroyed.

In some of the States there is an additional Law forbidding Females, under penalty of death, from walking or standing in any public place without moving their backs constantly from right to left so as to indicate their presence to those behind them; others oblige a Woman, when travelling, to be followed by one of her sons, or servants, or by her husband; others confine Women altogether to their houses except during the religious festivals. But it has been found by the wisest of our Circles or Statesmen that the multiplication of restrictions on Females tends not only to the debilitation and diminution of the race, but also to the increase of domestic murders to such an extent that a State loses more than it gains by a too prohibitive Code.

For whenever the temper of the Women is thus exasperated by confinement at home or hampering regulations abroad, they are apt to vent their spleen upon their husbands and children; and in the less temperate climates the whole male population of a village has been sometimes destroyed in one or two hours of simultaneous female outbreak. Hence the Three Laws, mentioned above, suffice for the better regulated States, and may be accepted as a rough exemplification of our Female Code.

After all, our principal safeguard is found, not in Legislature, but in the interests of the Women themselves. For, although they can inflict instantaneous death by a retrograde movement, yet unless they can at once disengage their stinging extremity from the struggling body of their victim, their own frail bodies are liable to be shattered.

The power of Fashion is also on our side. I pointed out that in some less civilised States no female is suffered to stand in any public place without swaying her back from right to left. This practice has been universal among ladies of any pretensions to breeding in all well-governed States, as far back as the memory of Figures can reach. It is considered a disgrace to any State that legislation should have to enforce what ought to be, and is in every respectable female, a natural instinct. The rhythmical and, if I may so say, well-modulated undulation of the back in our ladies of Circular rank is envied and imitated by the wife of a common Equilateral, who can achieve nothing beyond a mere monotonous swing, like the ticking of a pendulum; and the regular tick of the Equilateral is no less admired and copied by the wife of the progressive and aspiring Isosceles, in the females of whose family no "back-motion" of any kind has become as yet a necessity of life. Hence, in every family of position and consideration, "back motion" is as prevalent as time itself; and the husbands and sons in these households enjoy immunity at least from invisible attacks.

Not that it must be for a moment supposed that our Women are destitute of affection. But unfortunately the passion of the moment predominates, in the Frail Sex, over every other consideration. This is, of course, a necessity arising from their unfortunate conformation. For as they have no pretensions to an angle, being inferior in this respect to the very lowest of the Isosceles, they are consequently wholly devoid of brain-power, and have neither reflection, judgment, nor forethought, and hardly any memory. Hence, in their fits of fury, they remember no claims and recognise no distinctions. I have actually known a case where a Woman has exterminated her whole household, and half an hour afterwards, when her rage was over and the fragments swept away, has asked what has become of her husband and her children!

Obviously then a Woman is not to be irritated as long as she is in a position where she can turn round. When you have them in their apartments—which are constructed with a view to denying them that power—you can say and do what you like; for they are then wholly impotent for mischief, and will not remember a few minutes hence the incident for which they may be at this moment threatening you with death, nor the promises which you may have found it necessary to make in order to pacify their fury.

On the whole we get on pretty smoothly in our domestic relations, except in the lower strata of the Military Classes. There the want of tact and discretion on the part of the husbands produces at times indescribable disasters. Relying too much on the offensive weapons of their acute angles instead of the defensive organs of good sense and seasonable simulations, these reckless creatures too often neglect the prescribed construction of the Women's apartments, or irritate their wives by ill-advised expressions out of doors, which they refuse immediately to retract. Moreover a blunt and stolid regard for literal truth indisposes them to make those lavish promises by which the more judicious Circle can in a moment pacify his consort. The result is massacre; not, however, without its advantages, as it eliminates the more brutal and troublesome of the Isosceles; and by many of our Circles the destructiveness of the Thinner Sex is regarded as one among many providential arrangements for suppressing redundant population, and nipping Revolution in the bud.

Yet even in our best regulated and most approximately Circular families I cannot say that the ideal of family life is so high as with you in Spaceland. There is peace, in so far as the absence of slaughter may be called by that name, but there is necessarily little harmony of tastes or pursuits; and the cautious wisdom of the Circles has ensured safety at the cost of domestic comfort. In every Circular or Polygonal household it has been a habit from time immemorial—and now has become a kind of instinct among the women of our higher classes—that the mothers and daughters should constantly keep their eyes and mouths towards their husband and his male friends; and for a lady in a family of distinction to turn her back upon her husband would be regarded as a kind of portent, involving loss of *status*. But, as I shall soon shew, this custom, though it has the advantage of safety, is not without its disadvantages.

In the house of the Working Man or respectable Tradesman—where the wife is allowed to turn her back upon her husband, while pursuing her household avocations—there are at least intervals of quiet, when the wife is neither seen nor heard, except for the humming sound of the continuous Peace-cry; but in the homes of the upper classes there is too often no peace. There the voluble mouth and bright penetrating eye are ever directed towards the Master of the household; and light itself is not more persistent than the stream of feminine discourse. The tact and skill which suffice to avert a Woman's sting are unequal to the task of stopping a Woman's mouth; and as the wife has absolutely nothing to say, and absolutely no constraint of wit, sense, or conscience to prevent her from saying it, not a few cynics have been found to aver that they prefer the danger of the death-dealing but inaudible sting to the safe sonorousness of a Woman's other end.

To my readers in Spaceland the condition of our Women may seem truly deplorable, and so indeed it is. A Male of the lowest type of the Isosceles may look forward to some improvement of his angle, and to the ultimate elevation of the whole of his degraded caste; but no Woman can entertain such hopes for her sex. "Once a Woman, always a Woman" is a Decree of Nature; and the very Laws of Evolution seem suspended in her disfavour. Yet at least we can admire the wise Prearrangement which has ordained that, as they have no hopes, so they shall have no memory to recall, and no forethought to anticipate, the miseries and humiliations which are at once a necessity of their existence and the basis of the constitution of Flatland.

# Of Our Methods of Recognizing One Another

# 5

You, who are blessed with shade as well as light, you, who are gifted with two eyes, endowed with a knowledge of perspective, and charmed with the enjoyment of various colours, you, who can actually *see* an angle, and contemplate the complete circumference of a Circle in the happy region of Three Dimensions—how shall I make clear to you the extreme difficulty which we in Flatland experience in recognizing one another's configuration?

Recall what I told you above. All beings in Flatland, animate or inanimate, no matter what their form, present *to our view* the same, or nearly the same, appearance, viz. that of a straight Line. How then can one be distinguished from another, where all appear the same?

The answer is threefold. The first means of recognition is the sense of hearing; which with us is far more highly developed than with you, and which enables us not only to distinguish by the voice our personal friends, but even to discriminate between different classes, at least so far as concerns the three lowest orders, the Equilateral, the Square, and the Pentagon—for of the Isosceles I take no account. But as we ascend in the social scale, the process of discriminating and being discriminated by hearing increases in difficulty, partly because voices are assimilated, partly because the faculty of voice-discrimination is a plebeian virtue not much developed among the Aristocracy. And wherever there is any danger of imposture we cannot trust to this method. Amongst our lowest orders, the vocal organs are developed to a degree more than correspondent with those of hearing, so that an Isosceles can easily feign the voice of a Polygon, and, with some training, that of a Circle himself. A second method is therefore more commonly resorted to.

*Feeling* is, among our Women and lower classes—about our upper classes I shall speak presently—the principal test of recognition, at all events between strangers, and when the question is, not as to the individual, but as to the class. What therefore "introduction" is among the higher classes in Spaceland, that the process of "feeling" is with us. "Permit me to ask you to feel and be felt by my friend Mr. So-and-so"—is still, among the more old-fashioned of our country gentlemen in districts remote from towns, the customary formula for a Flatland introduction. But in the towns, and among men of business, the words "be felt by" are omitted and the sentence is abbreviated to, "Let me ask you to feel Mr. So-and-so"; although it is assumed, of course, that the "feeling" is to be reciprocal. Among our still more modern and dashing young gentlemen—who are extremely averse to superfluous effort and supremely indifferent to the purity of their native language—the formula is still further curtailed by the use of "to feel" in a technical sense, meaning, "to recommendfor-the-purposes-of-feeling-and-being-felt"; and at this moment the "slang" of polite or fast society in the upper classes sanctions such a barbarism as "Mr. Smith, permit me to feel Mr. Jones."

Let not my Reader however suppose that

"feeling" is with us the tedious process that it would be with you, or that we find it necessary to feel right round all the sides of every individual before we determine the class to which he belongs. Long practice and training, begun in the schools and continued in the experience of daily life, enable us to discriminate at once by the sense of touch, between the angles of an equal-sided Triangle, Square, and Pentagon; and I need not say that the brainless vertex of an acute-angled Isosceles is obvious to the dullest touch. It is therefore not necessary, as a rule, to do more than feel a single angle of an individual; and this, once ascertained, tells us the class of the person whom we are addressing, unless indeed he belongs to the higher sections of the nobility. There the difficulty is much greater. Even a Master of Arts in our University of Wentbridge has been known to confuse a ten-sided with a twelve-sided Polygon; and there is hardly a Doctor of Science in or out of that famous University who could pretend to decide promptly and unhesitatingly between a twenty-sided and a twenty-four sided member of the Aristocracy.

Those of my readers who recall the extracts I gave above from the Legislative code concerning Women, will readily perceive that the process of introduction by contact requires some care and discretion. Otherwise the angles might inflict on the unwary Feeler irreparable injury. It is essential for the safety of the Feeler that the Felt should stand perfectly still. A start, a fidgety shifting of the position, yes, even a violent sneeze, has been known before now to prove fatal to the incautious, and to nip in the bud many a promising friendship. Especially is this true among the lower classes of the Triangles. With them, the eye is situated so far from their vertex that they can scarcely take cognizance of what goes on at that extremity of their frame. They are, moreover, of a rough coarse nature, not sensitive to the delicate touch of the highly organized Polygon. What wonder then if an involuntary toss of the head has ere now deprived the State of a valuable life!

I have heard that my excellent Grandfather—one of the least irregular of his unhappy Isosceles class, who indeed obtained, shortly before his decease, four out of seven votes from the Sanitary and Social Board for passing him into the class of the Equal-sided—often deplored, with a tear in his venerable eye, a miscarriage of this kind, which had occurred to his great-great-great-Grandfather, a respectable Working Man with an angle or brain of $59°30'$. According to his account, my unfortunate Ancestor, being affiicted with rheumatism, and in the act of being felt by a Polygon, by one sudden start accidentally transfixed the Great Man through the diagonal; and thereby, partly in consequence of his long imprisonment and degradation, and partly because of the moral shock which pervaded the whole of my Ancestor's relations, threw back our family a degree and a half in their ascent towards better things. The result was that in the next generation the family brain was registered at only 58°, and not till the lapse of five generations was the lost ground recovered, the full 60° attained, and the Ascent from the Isosceles finally achieved. And all this series of calamities from one little accident in the process of Feeling.

At this point I think I hear some of my better educated readers exclaim, "How could you in Flatland know anything about angles and degrees, or minutes? We can *see* an angle, because we, in the region of Space, can see two straight lines inclined to one another; but you, who can see nothing but one straight line at a time, or at all events only a number of bits of straight lines all in one straight line,—how can you ever discern any angle, and much less register angles of different sizes?"

I answer that though we cannot *see* angles, we can *infer* them, and this with great precision. Our sense of touch, stimulated by necessity, and developed by long training, enables us to distinguish angles far more accurately than your sense of sight, when unaided by a rule or measure of angles. Nor must I omit to explain that we have great natural helps. It is with us a Law of Nature that the brain of the Isosceles class shall begin at half a degree, or thirty minutes, and shall increase (if it increases at all) by half a degree in every generation; until the goal of 60° is reached, when the condition of serfdom is quitted, and the freeman enters the class of Regulars.

Consequently, Nature herself supplies us with an ascending scale or Alphabet of angles for half a degree up to 60°, specimens of which are placed in every Elementary School throughout the land. Owing to occasional retrogressions, to still more frequent moral and intellectual stagnation, and to the extraordinary fecundity of the Criminal and Vagabond Classes, there is always a vast superfluity of individuals of the half degree and single degree class, and a fair abundance of Specimens up to 10°. These are absolutely destitute of civic rights; and a great number of them, not having even intelligence enough for the purposes of warfare, are devoted by the States to the service of education. Fettered immovably so as to remove all possibility of danger, they are placed in the class rooms of our Infant Schools, and there they are utilized by the Board of Education for the purpose of imparting to the offspring of the Middle Classes that tact and intelligence of which these wretched creatures themselves are utterly devoid.

In some States the Specimens are occasionally fed and suffered to exist for several years; but in the more temperate and better regulated regions, it is found in the long run more advantageous for the educational interests of the young, to dispense with food, and to renew the Specimens every month—which is about the average duration of the foodless existence of the Criminal class. In the cheaper schools, what is gained by the longer existence of the Specimens is lost, partly in the expenditure for food, and partly in the diminished accuracy of the angles, which are impaired after a few weeks of constant "feeling". Nor must we forget to add, in enumerating the advantages of the more expensive system, that it tends, though slightly yet perceptibly, to the diminution of the redundant Isosceles population—an object which every statesman in Flatland constantly keeps in view. On the whole therefore—although I am not ignorant that, in many popularly elected School Boards, there is a reaction in favour of "the cheap system" as it is called—I am myself disposed to think that this is one of the many cases in which expense is the truest economy.

But I must not allow questions of School Board politics to divert me from my subject. Enough has been said, I trust, to shew that Recognition by Feeling is not so tedious or indecisive a process as might have been supposed; and it is obviously more trustworthy than Recognition by hearing. Still there remains, as has been pointed out above, the objection that this method is not without danger. For this reason many in the Middle and Lower classes, and all without exception in the Polygonal and Circular orders, prefer a third method, the description of which shall be reserved for the next section.

# Of Recognition by Sight

6

I am about to appear very inconsistent. In previous sections I have said that all figures in Flatland present the appearance of a straight line; and it was added or implied, that it is consequently impossible to distinguish by the visual organ between individuals of different classes: yet now I am about to explain to my Spaceland Critics how we are able to recognize one another by the sense of sight.

If however the Reader will take the trouble to refer to the passage in which Recognition by Feeling is stated to be universal, he will find this qualification—"among the lower classes." It is only among the higher classes and in our more temperate climates that Sight Recognition is practised.

That this power exists in any regions and for any classes is the result of Fog; which prevails during the greater part of the year in all parts save the torrid zones. That which is with you in Spaceland an unmixed evil, blotting out the landscape, depressing the spirits, and enfeebling the health, is by us recognized as a blessing scarcely inferior to air itself, and as the Nurse of arts and Parent of sciences. But let me explain my meaning, without further eulogies on this beneficent Element.

If Fog were non-existent, all lines would appear equally and indistinguishably clear; and this is actually the case in those unhappy countries in which the atmosphere is perfectly dry and transparent. But wherever there is a rich supply of Fog, objects that are at a distance, say of three feet, are appreciably dimmer than those at a distance of two feet eleven inches; and the result is that by careful and constant experimental observation of comparative dimness and clearness, we are enabled to infer with great exactness the configuration of the object observed.

An instance will do more than a volume of generalities to make my meaning clear.

Suppose I see two individuals approaching whose rank I wish to ascertain. They are, we will suppose, a Merchant and a Physician, or in other words, an Equilateral Triangle and a Pentagon: how am I to distinguish them?

(1)

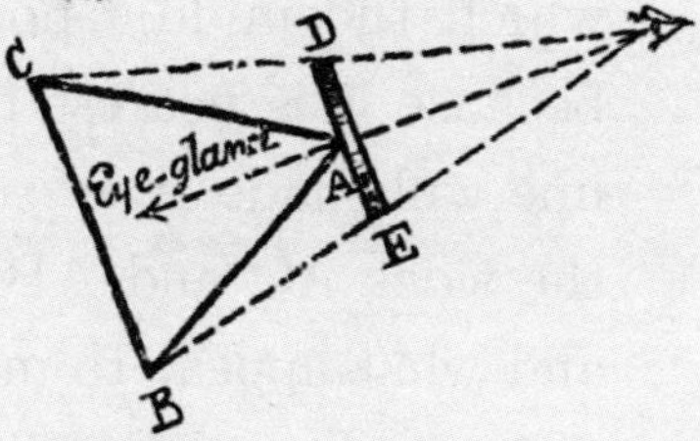


(2)

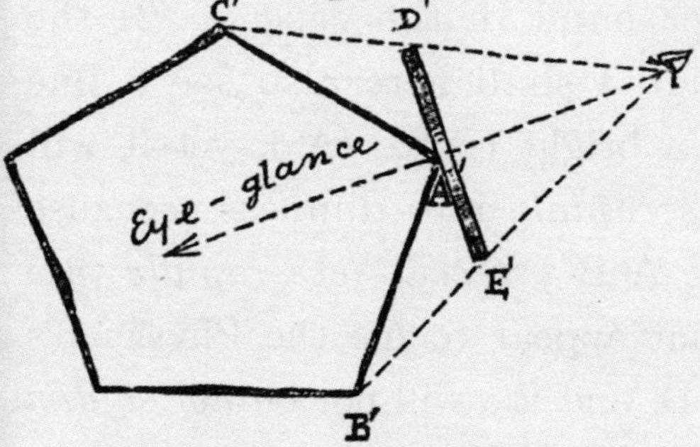


It will be obvious, to every child in Spaceland who has touched the threshold of Geometrical Studies, that, if I can bring my eye so that its glance may bisect an angle (A) of the approaching stranger, my view will lie as it were evenly between his two sides that are next to me (viz. CA and AB), so that I shall contemplate the two impartially, and both will appear of the same size.

Now in the case of (I) the Merchant, what shall I see? I shall see a straight line DAE, in which the middle point (A) will be very bright because it is nearest to me; but on either side the line will shade away *rapidly into dimness*, because the sides AC and AB *recede rapidly into the fog* and what appear to me as the Merchant's extremities, viz. D and E, will be *very dim indeed.*

On the other hand in the case of (2) the Physician, though I shall here also see a line (D′ A′ E′ ) with a bright centre (A′ ), yet it will shade away *less rapidly* into dimness, because the sides (A′ C′ , A′ B′ ) *recede less rapidly into the fog*: and what appear to me the Physician's extremities, viz. D′ and E′ , will not be *not so dim* as the extremities of the Merchant.

The Reader will probably understand from these two instances how—after a very long training supplemented by constant experience—it is possible for the well-educated classes among us to discriminate with fair accuracy between the middle and lowest orders, by the sense of sight. If my Spaceland Patrons have grasped this general conception, so far as to conceive the possibility of it and not to reject my account as altogether incredible—I shall have attained all I can reasonably expect. Were I to attempt further details I should only perplex. Yet for the sake of the young and inexperienced, who may perchance infer—from the two simple instances I have given above, of the manner in which I should recognize my Father and my Sons—that Recognition by sight is an easy affair, it may be needful to point out that in actual life most of the problems of Sight Recognition are far more subtle and complex.

If for example, when my Father, the Triangle, approaches me, he happens to present his side to me instead of his angle, then, until I have asked him to rotate, or until I have edged my eye round him, I am for the moment doubtful whether he may not be a Straight Line, or, in other words, a Woman. Again, when I am in the company of one of my two hexagonal Grandsons, contemplating one of his sides (AB) full front, it will be evident from the accompanying diagram that I shall see one whole line (AB) in comparative brightness (shading off hardly at all at the ends) and two smaller lines (CA and BD) dim throughout and shading away into greater dimness toward the extremities C and D.

But I must not give way to the temptation of enlarging on these topics. The meanest mathematician in Spaceland will readily believe me when I assert that the problems of life, which present themselves to the well-educated—when they are themselves in motion, rotating, advancing or retreating, and at the same time attempting to discriminate by the sense of sight between a number of Polygons of high rank moving in different directions, as for example in a ball-room or conversazione—must be of a nature to task the angularity of the most intellectual, and amply justify the rich endowments of the Learned Professors of Geometry, both Static and Kinetic, in the illustrious University of Wentbridge, where the

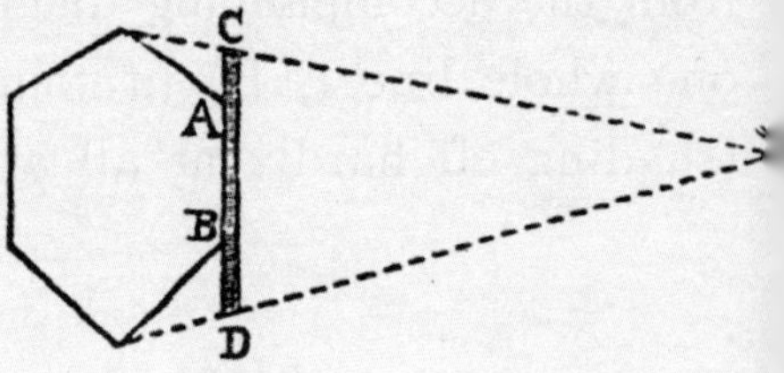

Science and Art of Sight Recognition are regularly taught to large classes of the *élite* of the States.

It is only a few of the scions of our noblest and wealthiest houses, who are able to give the time and money necessary for the thorough prosecution of this noble and valuable Art. Even to me, a Mathematician of no mean standing, and the Grandfather of two most hopeful and perfectly regular Hexagons, to find myself in the midst of a crowd of rotating Polygons of the higher classes, is occasionally very perplexing. And of course to a common Tradesman, or Serf, such a sight is almost as unintelligible as it would be to you, my Reader, were you suddenly transported into our country.

In such a crowd you could see on all sides of you nothing but a Line, apparently straight, but of which the parts would vary irregularly and perpetually in brightness or dimness. Even if you had completed your third year in the Pentagonal and Hexagonal classes in the University, and were perfect in the theory of the subject, you would still find that there was need of many years of experience, before you could move in a fashionable crowd without jostling against your betters, whom it is against etiquette to ask to "feel", and who, by their superior culture and breeding, know all about your movements, while you know very little or nothing about theirs. In a word, to comport oneself with perfect propriety in Polygonal society, one ought to be a Polygon oneself. Such at least is the painful teaching of my experience.

It is astonishing how much the Art—or I may almost call it instinct—of Sight Recognition is developed by the habitual practice of it and by the avoidance of the custom of "Feeling". Just as, with you, the deaf and dumb, if once allowed to gesticulate and to use the hand-alphabet, will never acquire the more difficult but far more valuable art of lip-speech and lip-reading, so it is with us as regards "Seeing" and "Feeling". None who in early life resort to "Feeling" will ever learn "Seeing" in perfection.

For this reason, among our Higher Classes, "Feeling" is discouraged or absolutely forbidden. From the cradle their children, instead of going to the Public Elementary schools (where the art of Feeling is taught), are sent to higher Seminaries of an exclusive character; and at our illustrious

University, to "feel" is regarded as a most serious fault, involving Rustication for the first offence, and Expulsion for the second.

But among the lower classes the art of Sight Recognition is regarded as an unattainable luxury. A common Tradesman cannot afford to let his son spend a third of his life in abstract studies. The children of the poor are therefore allowed to "feel" from their earliest years, and they gain thereby a precocity and an early vivacity which contrast at first most favourably with the inert, undeveloped, and listless behaviour of the half-instructed youths of the Polygonal class; but when the latter have at last completed their University course, and are prepared to put their theory into practice, the change that comes over them may almost be described as a new birth, and in every art, science, and social pursuit they rapidly overtake and distance their Triangular competitors.

Only a few of the Polygonal Class fail to pass the Final Test or Leaving Examination at the University. The condition of the unsuccessful minority is truly pitiable. Rejected from the higher class, they are also despised by the lower. They have neither the matured and systematically trained powers of the Polygonal Bachelors and Masters of Arts, nor yet the native precocity and mercurial versatility of the youthful Tradesman. The professions, the public services, are closed against them; and though in most States they are not actually debarred from marriage, yet they have the greatest difficulty in forming suitable alliances, as experience shews that the offspring of such unfortunate and ill-endowed parents is generally itself unfortunate, if not positively Irregular.

It is from these specimens of the refuse of our Nobility that the great Tumults and Seditions of past ages have generally derived their leaders; and so great is the mischief thence arising that an increasing minority of our more progressive Statesmen are of opinion that true mercy would dictate their entire suppression, by enacting that all who fail to pass the Final Examination of the University should be either imprisoned for life, or extinguished by a painless death.

But I find myself digressing into the subject of Irregularities, a matter of such vital interest that it demands a separate section.

# Concerning Irregular Figures

# 7

Throughout the previous pages I have been assuming—what perhaps should have been laid down at the beginning as a distinct and fundamental proposition—that every human being in Flatland is a Regular Figure, that is to say of regular construction. By this I mean that a Woman must not only be a line, but a straight line; that an Artisan or Soldier must have two of his sides equal; that Tradesmen must have three sides equal; Lawyers (of which class I am a humble member), four sides equal, and, generally, that in every Polygon, all the sides must be equal.

The size of the sides would of course depend upon the age of the individual. A Female at birth would be about an inch long, while a tall adult Woman might extend to a foot. As to the Males of every class, it may be roughly said that the length of an adult's sides, when added together, is three feet or a little more. But the size of our sides is not under consideration. I am speaking of the *equality* of sides, and it does not need much reflection to see that the whole of the social life in Flatland rests upon the fundamental fact that Nature wills all Figures to have their sides equal.

If our sides were unequal our angles might be unequal. Instead of its being sufficient to feel, or estimate by sight, a single angle in order to determine the form of an individual, it would be necessary to ascertain each angle by the experiment of Feeling. But life would be too short for such a tedious groping. The whole science and art of Sight Recognition would at once perish; Feeling, so far as it is an art, would not long survive; intercourse would become perilous or impossible; there would be an end to all confidence, all forethought; no one would be safe in making the most simple social arrangements; in a word, civilization would relapse into barbarism.

Am I going too fast to carry my Readers with me to these obvious conclusions? Surely a moment's reflection, and a single instance from common life, must convince every one that our whole social system is based upon Regularity, or Equality of Angles. You meet, for example, two or three Tradesmen in the street, whom you recognize at once to be Tradesmen by a glance at their angles and rapidly bedimmed sides, and you ask them to step into your house to lunch. This you do at present with perfect confidence, because every one knows to an inch or two the area occupied by an adult Triangle: but imagine that your Tradesman drags behind his regular and respectable vertex, a parallelogram of twelve or thirteen inches in diagonal:—what are you to do with such a monster sticking fast in your house door?

But I am insulting the intelligence of my Readers by accumulating details which must be patent to everyone who enjoys the advantages of a Residence in Spaceland. Obviously the measurements of a single angle would no longer be sufficient under such portentous circumstances; one's whole life would be taken up in feeling or surveying the perimeter of one's acquaintances. Already the difficulties of avoiding a collision in a crowd are enough to tax the sagacity of even a well-educated Square; but if no one could calculate the Regularity of a single figure in the company, all would be chaos and confusion, and the slightest panic would cause serious injuries, or—if there happened to be any women or Soldiers present—perhaps considerable loss of life.

Expediency therefore concurs with Nature in stamping the seal of its approval upon Regularity of conformation: nor has the Law been backward in seconding their efforts. "Irregularity of Figure" means with us the same as, or more than, a combination of moral obliquity and criminality with you, and is treated accordingly. There are not wanting, it is true, some promulgators of paradoxes who maintain that there is no necessary connection between geometrical and moral Irregularity. "The Irregular," they say, "is from his birth scouted by his own parents, derided by his brothers and sisters, neglected by the domestics, scorned and suspected by society, and excluded from all posts of responsibility, trust, and useful activity. His every movement is jealously watched by the police till he comes of age and presents himself for inspection; then he is either destroyed, if he is found to exceed the fixed margin of deviation, or else immured in a Government Office as a clerk of the seventh class; prevented from marriage; forced to drudge at an uninteresting occupation for a miserable stipend; obliged to live and board at the office, and to take even his vacation under close supervision; what wonder that human nature, even in the best and purest, is embittered and perverted by such surroundings!"

All this very plausible reasoning does not convince me, as it has not convinced the wisest of our Statesmen, that our ancestors erred in laying it down as an axiom of policy that the toleration of Irregularity is incompatible with the safety of the State. Doubtless, the life of an Irregular is hard; but the interests of the Greater Number require that it shall be hard. If a man with a triangular front and a polygonal back were allowed to exist and to propagate a still more Irregular posterity, what would become of the arts of life? Are the houses and doors and churches in Flatland to be altered in order to accommodate such monsters? Are our ticket-collectors to be required to measure every man's perimeter before they allow him to enter a theatre, or to take his place in a lecture room? Is an Irregular to be exempted from the militia? And if not, how is he to be prevented from carrying desolation into the ranks of his comrades? Again, what irresistible temptations to fraudulent impostures must needs beset such a creature! How easy for him to enter a shop with his polygonal front foremost, and to order goods to any extent from a confiding tradesman! Let the advocates of a falsely called Philanthropy plead as they may for the abrogation of the Irregular Penal Laws, I for my part have never known an Irregular who was not also what Nature evidently intended him to be—a hypocrite, a misanthropist, and, up to the limits of his power—a perpetrator of all manner of mischief.

Not that I should be disposed to recommend (at present) the extreme measures adopted in some States, where an infant whose angle deviates by half a degree from the correct angularity is summarily destroyed at birth. Some of our highest and ablest men, men of real genius, have during their earliest days laboured under deviations as great as, or even greater than, forty-five minutes:

and the loss of their precious lives would have been an irreparable injury to the State. The art of healing also has achieved some of its most glorious triumphs in the compressions, extensions, trepannings, colligations, and other surgical or diaetetic operations by which Irregularity has been partly or wholly cured. Advocating therefore a *Via Media*, I would lay down no fixed or absolute line of demarcation; but at the period when the frame is just beginning to set, and when the Medical Board has reported that recovery is improbable, I would suggest that the Irregular offspring be painlessly and mercifully consumed.

# 8 Of the Ancient Practice of Painting

If my Readers have followed me with any attention up to this point, they will not be surprised to hear that life is somewhat dull in Flatland. I do not, of course, mean that there are not battles, conspiracies, tumults, factions, and all those other phenomena which are supposed to make History interesting; nor would I deny that the strange mixture of the problems of life and the problems of Mathematics, continually inducing conjecture and giving the opportunity of immediate verification, imparts to our existence a zest which you in Spaceland can hardly comprehend. I speak now from the aesthetic and artistic point of view when I say that life with us is dull; aesthetically and artistically, very dull indeed.

How can it be otherwise, when all one's prospect, all one's landscapes, historical pieces, portraits, flowers, still life, are nothing but a single line, with no varieties except degrees of brightness and obscurity?

It was not always thus. Colour, if Tradition speaks the truth, once for the space of half a dozen centuries or more, threw a transient splendour over the lives of our ancestors in remote ages. Some private individual—a Pentagon whose name is variously reported—having casually discovered the constituents of the simpler colours and a rudimentary method of painting, is said to have begun by decorating first his house, then his slaves, then his Father, his Sons and Grandsons, lastly himself. The convenience as well as the beauty of the results commended themselves to all. Wherever Chromatistes,—for by that name the most trustworthy authorities concur in calling him,—turned his variegated frame, there he at once excited attention, and attracted respect. No one now needed to "feel" him; no one mistook his front for his back; all his movements were readily ascertained by his neighbours without the slightest strain on their powers of calculation; no one jostled him, or failed to make way for him; his voice was saved the labour of that exhausting utterance by which we colourless Squares and Pentagons are often forced to proclaim our individuality when we move amid a crowd of ignorant Isosceles.

The fashion spread like wildfire. Before a week was over, every Square and Triangle in the district had copied the example of Chromatistes, and only a few of the more conservative Pentagons still held out. A month or two found even the Dodecagons infected with the innovation. A year had not elapsed before the habit had spread to all but the very highest of the Nobility. Needless to say, the custom soon made its way from the district of Chromatistes to surrounding regions; and within two generations no one in all Flatland was colourless except the Women and the Priests.

Here Nature herself appeared to erect a barrier, and to plead against extending the innovation to these two classes. Many-sidedness was almost essential as a pretext for the Innovators. "Distinction of sides is intended by Nature to imply distinction of colours"—such was the sophism which in those days flew from mouth to mouth, converting whole towns at a time to the new culture. But manifestly to our Priests and Women this adage did not apply. The latter had only one side, and therefore—plurally and pedantically speaking—*no sides.* The former—if at least they would assert their claim to be really and truly Circles, and not mere high-class Polygons with an infinitely large number of infinitesimally small sides—were in the habit of boasting (what Women confessed and deplored) that they also had no sides, being blessed with a perimeter of one line, or, in other words, a Circumference. Hence it came to pass that these two Classes could see no force in the so-called axiom about "Distinction of Sides implying Distinction of Colour"; and when all others had succumbed to the fascinations of corporal decoration, the Priests and the Women alone still remained pure from the pollution of paint.

Immoral, licentious, anarchical, unscientific—call them by what names you will—yet, from an aesthetic point of view, those ancient days of the Colour Revolt were the glorious childhood of Art in Flatland—a childhood, alas, that never ripened into manhood, nor even reached the blossom of youth. To live was then in itself a delight, because living implied seeing. Even at a small party, the company was a pleasure to behold; the richly varied hues of the assembly in a church or theatre are said to have more than once proved too distracting for our greatest teachers and actors; but most ravishing of all is said to have been the unspeakable magnificence of a military review.

The sight of a line of battle of twenty thousand Isosceles suddenly facing about, and exchanging the sombre black of their bases for the orange and purple of the two sides including their acute angle; the militia of the Equilateral Triangles tricoloured in red, white, and blue; the mauve, ultra-marine, gamboge, and burnt umber of the Square artillerymen rapidly rotating near their vermilion guns; the dashing and flashing of the five-coloured and six-coloured Pentagons and Hexagons careering across the field in their offices of surgeons, geometricians and aides-de-camp—all these may well have been sufficient to render credible the famous story how an illustrious Circle, overcome by the artistic beauty of the forces under his command, threw aside his marshal's bâton and his royal crown, exclaiming that he henceforth exchanged them for the artist's pencil. How great and glorious the sensuous development of these days must have been is in part indicated by the very language and vocabulary of the period. The commonest utterances of the commonest citizens in the time of the Colour Revolt seem to have been suffused with a richer tinge of word or thought; and to that era we are even now indebted for our finest poetry and for whatever rhythm still remains in the more scientific utterance of these modern days.

# 9 Of the Universal Colour Bill

But meanwhile the intellectual Arts were fast decaying.

The Art of Sight Recognition, being no longer needed, was no longer practised; and the studies of Geometry, Statics, Kinetics, and other kindred subjects, came soon to be considered superfluous, and fell into disrespect and neglect even at our University. The inferior Art of Feeling speedily experienced the same fate at our Elementary Schools. Then the Isosceles classes, asserting that the Specimens were no longer used nor needed, and refusing to pay the customary tribute from the Criminal classes to the service of Education, waxed daily more numerous and more insolent on the strength of their immunity from the old burden which had formerly exercised the twofold wholesome effect of at once taming their brutal nature and thinning their excessive numbers.

Year by year the Soldiers and Artisans began more vehemently to assert—and with increasing truth—that there was no great difference between them and the very highest class of Polygons, now that they were raised to an equality with the latter, and enabled to grapple with all the difficulties and solve all the problems of life, whether Statical and Kinetical, by the simple process of Colour Recognition. Not content with the natural neglect into which Sight Recognition was falling, they began boldly to demand the legal prohibition of all "monopolising and aristocratic Arts" and the consequent abolition of all endowments for the studies of Sight Recognition, Mathematics, and Feeling. Soon, they began to insist that inasmuch as Colour, which was a second Nature, had destroyed the need of aristocratic distinctions, the Law should follow in the same path, and that henceforth all individuals and all classes should be recognized as absolutely equal and entitled to equal rights.

Finding the higher Orders wavering and undecided, the leaders of the Revolution advanced still further in their requirements, and at last demanded that all classes alike, the Priests and the Women not excepted, should do homage to Colour by submitting to be painted. When it was objected that Priests and Women had no sides, they retorted that Nature and Expediency concurred in dictating that the front half of every human being (that is to say, the half containing his eye and mouth) should be distinguishable from his hinder half. They therefore brought before a general and extraordinary Assembly of all the States of Flatland a Bill proposing that in every Woman the half containing the eye and mouth should be coloured red, and the other half green. The Priests were to be painted in the same way, red being applied to that semicircle in which the eye and mouth formed the middle point; while the other or hinder semicircle was to be coloured green.

There was no little cunning in this proposal, which indeed emanated not from any Isosceles—for no being so degraded would have had angularity enough to appreciate, much less to devise, such a model of state-craft—but from an Irregular Circle who, instead of being destroyed in his childhood, was reserved by a foolish indulgence to bring desolation on his country and destruction on myriads of his followers.

On the one hand the proposition was calculated to bring the Women in all classes over to the side of the Chromatic Innovation. For by assigning to the Women the same two colours as were assigned to the Priests, the Revolutionists thereby ensured that, in certain positions, every Woman would appear like a Priest, and be treated with corresponding respect and deference—a prospect that could not fail to attract the Female Sex in a mass.

But by some of my Readers the possibility of the identical appearance of Priests and Women, under the new Legislation, may not be recognized; if so, a word or two will make it obvious.

Imagine a woman duly decorated, according to the new Code; with the front half (*i.e.* the half containing eye and mouth) red, and with the hinder half green. Look at her from one side. Obviously you will see a straight line, *half red, half green.*

Now imagine a Priest, whose mouth is at M,

and whose front semicircle (AMB) is consequently coloured red, while his hinder semicircle is green; so that the diameter AB divides the green from the red. If you contemplate the Great Man so as to have your eye in the same straight line as his dividing diameter (AB), what you will see will be a straight line (CBD), of which *one half* (CB) *will be red, and the other* (BD) *green.* The whole line (CD) will be rather shorter perhaps than that of a full-sized Woman, and will shade off more rapidly towards its extremities; but the identity of the colours would give you an immediate impression of identity of Class, making you neglectful of other details. Bear in mind the decay of Sight Recognition which threatened society at the time of the Colour Revolt; add too the certainty that Women would speedily learn to shade off their extremities

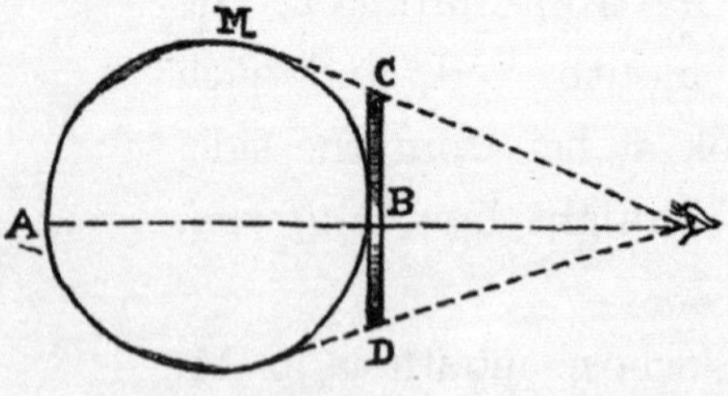

so as to imitate the Circles; it must then be surely obvious to you, my dear Reader, that the Colour Bill placed us under a great danger of confounding a Priest with a young Woman.

How attractive this prospect must have been to the Frail Sex may readily be imagined. They anticipated with delight the confusion that would ensue. At home they might hear political and ecclesiastical secrets intended not for them but for their husbands and brothers, and might even issue commands in the name of a priestly Circle; out of doors the striking combination of red and green, without addition of any other colours, would be sure to lead the common people into endless mistakes, and the Women would gain whatever the Circles lost, in the deference of the passers by. As for the scandal that would befall the Circular Class if the frivolous and unseemly conduct of the Women were imputed to them, and as to the consequent subversion of the Constitution, the Female Sex could not be expected to give a thought to these considerations. Even in the households of the Circles, the Women were all in favour of the Universal Colour Bill.

The second object aimed at by the Bill was the gradual demoralization of the Circles themselves. In the general intellectual decay they still preserved their pristine clearness and strength of understanding. From their earliest childhood, familiarized in their Circular households with the total absence of Colour, the Nobles alone preserved the Sacred Art of Sight Recognition, with all the advantages that result from that admirable training of the intellect. Hence, up to the date of the introduction of the Universal Colour Bill, the Circles had not only held their own, but even increased their lead of the other classes by abstinence from the popular fashion.

Now therefore the artful Irregular whom I described above as the real author of this diabolical Bill, determined at one blow to lower the status of the Hierarchy by forcing them to submit to the pollution of Colour, and at the same time to destroy their domestic opportunities of training in the Art of Sight Recognition, so as to enfeeble their intellects by depriving them of their pure and colourless homes. Once subjected to the chromatic taint, every parental and every childish Circle would demoralize each other. Only in discerning between the Father and the Mother would the Circular infant find problems for the exercise of its understanding—problems too often likely to be corrupted by maternal impostures with the result of shaking the child's faith in all logical conclusions. Thus by degrees the intellectual lustre of the Priestly Order would wane, and the road would then lie open for a total destruction of all Aristocratic Legislature and for the subversion of our Privileged Classes.

# 10 Of the Suppression of the Chromatic Sedition

The agitation for the Universal Colour Bill continued for three years; and up to the last moment of that period it seemed as though Anarchy were destined to triumph.

A whole army of Polygons, who turned out to fight as private soldiers, was utterly annihilated by a superior force of Isosceles Triangles—the Squares and Pentagons meanwhile remaining neutral. Worse than all, some of the ablest Circles fell a prey to conjugal fury. Infuriated by political animosity, the wives in many a noble household wearied their lords with prayers to give up their opposition to the Colour Bill; and some, finding their entreaties fruitless, fell on and slaughtered their innocent children and husbands, perishing themselves in the act of carnage. It is recorded that during that triennial agitation no less than twenty-three Circles perished in domestic discord.

Great indeed was the peril. It seemed as though the Priests had no choice between submission and extermination; when suddenly the course of events was completely changed by one of those picturesque incidents which Statesmen ought never to neglect, often to anticipate, and sometimes perhaps to originate, because of the absurdly disproportionate power with which they appeal to the sympathies of the populace.

It happened that an Isosceles of a low type, with a brain little if at all above four degrees—accidentally dabbling in the colours of some Tradesman whose shop he had plundered—painted himself, or caused himself to be painted (for the story varies) with the twelve colours of a Dodecagon. Going into the Market Place he accosted in a feigned voice a maiden, the orphan daughter of a noble Polygon, whose affection in former days he had sought in vain; and by a series of deceptions—aided, on the one side, by a string of lucky accidents too long to relate, and, on the other, by an almost inconceivable fatuity and neglect of ordinary precautions on the part of the relations of the bride—he succeeded in consummating the marriage. The unhappy girl committed suicide on discovering the fraud to which she had been subjected.

When the news of this catastrophe spread from State to State the minds of the Women were violently agitated. Sympathy with the miserable victim and anticipations of similar deceptions for themselves, their sisters, and their daughters, made them now regard the Colour Bill in an entirely new aspect. Not a few openly avowed themselves converted to antagonism; the rest needed only a slight stimulus to make a similar avowal. Seizing this favourable opportunity, the Circles hastily convened an extraordinary Assembly of the States; and besides the usual guard of Convicts, they secured the attendance of a large number of reactionary Women.

Amidst an unprecedented concourse, the Chief Circle of those days—by name Pantocyclus—arose to find himself hissed and hooted by a hundred and twenty thousand Isosceles. But he secured silence by declaring that henceforth the Circles would enter on a policy of Concession; yielding to the wishes of the majority, they would accept the

Colour Bill. The uproar being at once converted to applause, he invited Chromatistes, the leader of the Sedition, into the centre of the hall, to receive in the name of his followers the submission of the Hierarchy. Then followed a speech, a masterpiece of rhetoric, which occupied nearly a day in the delivery, and to which no summary can do justice.

With a grave appearance of impartiality he declared that as they were now finally committing themselves to Reform or Innovation, it was desirable that they should take one last view of the perimeter of the whole subject, its defects as well as its advantages. Gradually introducing the mention of the dangers to the Tradesmen, the Professional Classes and the Gentlemen, he silenced the rising murmurs of the Isosceles by reminding them that, in spite of all these defects, he was willing to accept the Bill if it was approved by the majority. But it was manifest that all, except the Isosceles, were moved by his words and were either neutral or averse to the Bill.

Turning now to the Workmen he asserted that their interests must not be neglected, and that, if they intended to accept the Colour Bill, they ought at least to do so with a full view of the consequences. Many of them, he said, were on the point of being admitted to the class of the Regular Triangles; others anticipated for their children a distinction they could not hope for themselves. That honourable ambition would now have to be sacrificed. With the universal adoption of Colour, all distinctions would cease; Regularity would be confused with Irregularity; development would give place to retrogression; the Workman would in a few generations be degraded to the level of the Military, or even the Convict Class; political power would be in the hands of the greatest number, that is to say the Criminal Classes, who were already more numerous than the Workmen, and would soon out-number all the other Classes put together when the usual Compensative Laws of Nature were violated.

A subdued murmur of assent ran through the ranks of the Artisans, and Chromatistes, in alarm, attempted to step forward and address them. But he found himself encompassed with guards and forced to remain silent while the Chief Circle in a few impassioned words made a final appeal to the

Women, exclaiming that, if the Colour Bill passed, no marriage would henceforth be safe, no woman's honour secure; fraud, deception, hypocrisy would pervade every household; domestic bliss would share the fate of the Constitution and pass to speedy perdition: "Sooner than this," he cried, "Come death."

At these words, which were the preconcerted signal for action, the Isosceles Convicts fell on and transfixed the wretched Chromatistes; the Regular Classes, opening their ranks, made way for a band of Women who, under direction of the Circles, moved, back foremost, invisibly and unerringly upon the unconscious Soldiers; the Artisans, imitating the example of their betters, also opened their ranks. Meantime bands of Convicts occupied every entrance with an impenetrable phalanx.

The battle, or rather carnage, was of short duration. Under the skilful generalship of the Circles almost every Woman's charge was fatal and very many extracted their sting uninjured, ready for a second slaughter. But no second blow was needed; the rabble of the Isosceles did the rest of the business for themselves. Surprised, leaderless, attacked in front by invisible foes, and finding egress cut off by the Convicts behind them, they at once—after their manner—lost all presence of mind, and raised the cry of "treachery". This sealed their fate. Every Isosceles now saw and felt a foe in every other. In half an hour not one of that vast multitude was living; and the fragments of seven score thousand of the Criminal Class slain by one another's angles attested the triumph of Order.

The Circles delayed not to push their victory to the uttermost. The Working Men they spared but decimated. The Militia of the Equilaterals was at once called out; and every Triangle suspected of Irregularity on reasonable grounds, was destroyed by Court Martial, without the formality of exact measurement by the Social Board. The homes of the Military and Artisan classes were inspected in a course of visitations extending through upwards of a year; and during that period every town, village, and hamlet was systematically purged of that excess of the lower orders which had been brought about by the neglect to pay the tribute of Criminals to the Schools and University, and by the violation of the other natural Laws of the

Constitution of Flatland. Thus the balance of classes was again restored.

Needless to say that henceforth the use of Colour was abolished, and its possession prohibited. Even the utterance of any word denoting Colour, except by the Circles or by qualified scientific teachers, was punished by a severe penalty. Only at our University in some of the very highest and most esoteric classes—which I myself have never been privileged to attend—it is understood that the sparing use of Colour is still sanctioned for the purpose of illustrating some of the deeper problems of mathematics. But of this I can only speak from hearsay.

Elsewhere in Flatland, Colour is now non-existent. The art of making it is known to only one living person, the Chief Circle for the time being; and by him it is handed down on his death-bed to none but his Successor. One manufactory alone produces it; and, lest the secret should be betrayed, the Workmen are annually consumed, and fresh ones introduced. So great is the terror with which even now our Aristocracy looks back to the far-distant days of the agitation for the Universal Colour Bill.

# 11 Concerning Our Priests

It is high time that I should pass from these brief and discursive notes about things in Flatland to the central event of this book, my initiation into the mysteries of Space. *That* is my subject; all that has gone before is merely preface.

For this reason I must omit many matters of which the explanation would not, I flatter myself, be without interest for my Readers: as for example, our method of propelling and stopping ourselves, although destitute of feet; the means by which we give fixity to structures of wood, stone, or brick, although of course we have no hands, nor can we lay foundations as you can, nor avail ourselves of the lateral pressure of the earth; the manner in which the rain originates in the intervals between our various zones, so that the northern regions do not intercept the moisture from falling on the southern; the nature of our hills and mines, our trees and vegetables, our seasons and harvests; our Alphabet and method of writing, adapted to our linear tablets; these and a hundred other details of our physical existence I must pass over, nor do I mention them now except to indicate to my readers that their omission proceeds not from forgetfulness on the part of the Author, but from his regard for the time of the Reader.

Yet before I proceed to my legitimate subject some few final remarks will no doubt be expected by my Readers upon those pillars and mainstays of the Constitution of Flatland, the controllers of our conduct and shapers of our destiny, the objects of universal homage and almost of adoration: need I say that I mean our Circles or Priests?

When I call them Priests, let me not be understood as meaning no more than the term denotes with you. With us, our Priests are Administrators of all Business, Art, and Science; Directors of Trade, Commerce, Generalship, Architecture, Engineering, Education, Statesmanship, Legislature, Morality, Theology; doing nothing themselves, they are the Causes of everything, worth doing, that is done by others.

Although popularly everyone called a Circle is deemed a Circle, yet among the better educated Classes it is known that no Circle is really a Circle, but only a Polygon with a very large number of very small sides. As the number of the sides increases, a Polygon approximates to a Circle; and, when the number is very great indeed, say for example three or four hundred, it is extremely difficult for the most delicate touch to feel any polygonal angles. Let me say rather, it *would* be difficult: for, as I have shewn above, Recognition by Feeling is unknown among the highest society, and to *feel* a Circle would be considered a most audacious insult. This habit of abstention from Feeling in the best society enables a Circle the more easily to sustain the veil of mystery in which, from his earliest years, he is wont to enwrap the exact nature of his Perimeter or Circumference. Three feet being the average Perimeter it follows that, in a Polygon of three hundred sides, each side will be no more than the hundredth part of a foot in length, or little more than the tenth part of an inch; and in a Polygon of six or seven hundred sides the sides are little larger than the diameter of a Spaceland pin-head. It is always assumed, by courtesy, that the Chief Circle for the time being has ten thousand sides.

The ascent of the posterity of the Circles in the social scale is not restricted, as it is among the lower Regular classes, by the Law of Nature which limits the increase of sides to one in each generation. If it were so, the number of sides in a Circle would be a mere question of pedigree and arithmetic, and the four hundred and ninety-seventh descendant of an Equilateral Triangle would necessarily be a Polygon with five hundred sides. But this is not the case. Nature's Law prescribes two antagonistic decrees affecting Circular propagation; first, that as the race climbs higher in the scale of development, so development shall proceed at an accelerated pace; second, that in the same proportion, the race shall become less fertile. Consequently in the home of a Polygon of four or five hundred sides it is rare to find a son; more than one is never seen. On the other hand the son of a five-hundred-sided Polygon has been known to possess five hundred and fifty, or even six hundred sides.

Art also steps in to help the process of the higher Evolution. Our physicians have discovered that the small and tender sides of an infant Polygon of the higher class can be fractured, and his whole frame re-set, with such exactness that a Polygon of two or three hundred sides sometimes—by no means always, for the process is attended with serious risk—but sometimes overleaps two or three hundred generations, and as it were doubles at a stroke, the number of his progenitors and the nobility of his descent.

Many a promising child is sacrificed in this way. Scarcely one out of ten survives. Yet so strong is the parental ambition among those Polygons who are, as it were, on the fringe of the Circular class, that it is very rare to find a Nobleman of that position in society, who has neglected to place his first-born in the Circular Neo-Therapeutic Gymnasium before he has attained the age of a month.

One year determines success or failure. At the end of that time the child has, in all probability, added one more to the tombstones that crowd the

Neo-Therapeutic Cemetery; but on rare occasions a glad procession bears back the little one to his exultant parents, no longer a Polygon, but a Circle, at least by courtesy: and a single instance of so blessed a result induces multitudes of Polygonal parents to submit to similar domestic sacrifices, which have a dissimilar issue.

# 12 Of the Doctrine of Our Priests

As to the doctrine of the Circles it may briefly be summed up in a single maxim, "Attend to your Configuration." Whether political, ecclesiastical, or moral, all their teaching has for its object the improvement of individual and collective Configuration—with special reference of course to the Configuration of the Circles, to which all other objects are subordinated.

It is the merit of the Circles that they have effectually suppressed those ancient heresies which led men to waste energy and sympathy in the vain belief that conduct depends upon will, effort, training, encouragement, praise, or anything else but Configuration. It was Pantocyclus—the illustrious Circle mentioned above, as the queller of the Colour Revolt—who first convinced mankind that Configuration makes the man; that if, for example, you are born an Isosceles with two uneven sides, you will assuredly go wrong unless you have them made even—for which purpose you must go to the Isosceles Hospital; similarly, if you are a Triangle, or Square, or even a Polygon, born with any Irregularity, you must be taken to one of the Regular Hospitals to have your disease cured; otherwise you will end your days in the State Prison or by the angle of the State Executioner.

All faults or defects, from the slightest misconduct to the most flagitious crime, Pantocyclus attributed to some deviation from perfect Regularity in the bodily figure, caused perhaps (if not congenital) by some collision in a crowd; by neglect to take exercise, or by taking too much of it; or even by a sudden change of temperature, resulting in a shrinkage or expansion in some too susceptible part of the frame. Therefore, concluded that illustrious Philosopher, neither good conduct nor bad conduct is a fit subject, in any sober estimation, for either praise or blame. For why should you praise, for example, the integrity of a Square who faithfully defends the interests of his client, when you ought in reality rather to admire the exact precision of his right angles? Or again, why blame a lying, thievish Isosceles when you ought rather to deplore the incurable inequality of his sides?

Theoretically, this doctrine is unquestionable; but it has practical drawbacks. In dealing with an Isosceles, if a rascal pleads that he cannot help stealing because of his unevenness, you reply that for that very reason, because he cannot help being a nuisance to his neighbours, you, the Magistrate, cannot help sentencing him to be consumed—and there's an end of the matter. But in little domestic difficulties, where the penalty of consumption, or death, is out of the question, this theory of Configuration sometimes comes in awkwardly; and I must confess that occasionally when one of my own Hexagonal Grandsons pleads as an excuse for his disobedience that a sudden change of the temperature has been too much for his Perimeter, and that I ought to lay the blame not on him but on his Configuration, which can only be strengthened by abundance of the choicest sweetmeats, I neither see my way logically to reject, nor practically to accept, his conclusions.

For my own part, I find it best to assume

that a good sound scolding or castigation has some latent and strengthening influence on my Grandson's Configuration; though I own that I have no grounds for thinking so. At all events I am not alone in my way of extricating myself from this dilemma; for I find that many of the highest Circles, sitting as Judges in law courts, use praise and blame towards Regular and Irregular Figures; and in their homes I know by experience that, when scolding their children, they speak about "right" or "wrong" as vehemently and passionately as if they believed that these names represented real existences, and that a human Figure is really capable of choosing between them.

Consistently carrying out their policy of making Configuration the leading idea in every mind, the Circles reverse the nature of that Commandment which in Spaceland regulates the relations between parents and children. With you, children are taught to honour their parents; with us—next to the Circles, who are the chief object of universal homage—a man is taught to honour his Grandson, if he has one; or, if not, his Son. By "honour", however, is by no means meant "indulgence", but a reverent regard for their highest interests: and the Circles teach that the duty of fathers is to subordinate their own interests to those of posterity, thereby advancing the welfare of the whole State as well as that of their own immediate descendants.

The weak point in the system of the Circles—if a humble Square may venture to speak of anything Circular as containing any element of weakness—appears to me to be found in their relations with Women.

As it is of the utmost importance for Society that Irregular births should be discouraged, it follows that no Woman who has any Irregularities in her ancestry is a fit partner for one who desires that his posterity should rise by regular degrees in the social scale.

Now the Irregularity of a Male is a matter of measurement; but as all Women are straight, and therefore visibly Regular so to speak, one has to devise some other means of ascertaining what I may call their invisible Irregularity, that is to say their potential Irregularities as regards possible offspring. This is effected by carefully-kept pedigrees, which are preserved and supervised by the State; and without a certified pedigree no Woman is allowed to marry.

Now it might have been supposed that a Circle—proud of his ancestry and regardful for a posterity which might possibly issue hereafter in a Chief Circle—would be more careful than any other to choose a wife who had no blot on her escutcheon. But it is not so. The care in choosing a Regular wife appears to diminish as one rises in the social scale. Nothing would induce an aspiring Isosceles, who had hopes of generating an Equilateral Son, to take a wife who reckoned a single Irregularity among her Ancestors; a Square or Pentagon, who is confident that his family is steadily on the rise, does not inquire above the five-hundredth generation; a Hexagon or Dodecagon is even more careless of the wife's pedigree; but a Circle has been known deliberately to take a wife who has had an Irregular Great-Grandfather, and all because of some slight superiority of lustre, or because of the charms of a low voice—which, with us, even more than with you, is thought "an excellent thing in Woman".

Such ill-judged marriages are, as might be expected, barren, if they do not result in positive Irregularity or in diminution of sides; but none of these evils have hitherto proved sufficiently deterrent. The loss of a few sides in a highly-developed Polygon is not easily noticed, and is sometimes compensated by a successful operation in the Neo-Therapeutic Gymnasium, as I have described above; and the Circles are too much disposed to acquiesce in infecundity as a Law of the superior development. Yet, if this evil be not arrested, the gradual diminution of the Circular class may soon become more rapid, and the time may be not far distant when, the race being no longer able to produce a Chief Circle, the Constitution of Flatland must fall.

One other word of warning suggests itself to me, though I cannot so easily mention a remedy; and this also refers to our relations with Women. About three hundred years ago, it was decreed by the Chief Circle that, since Women are deficient in Reason but abundant in Emotion, they ought no longer to be treated as rational, nor receive any mental education. The consequence was that they were no longer taught to read, nor even to master Arithmetic enough to enable them to count the angles of their husband or children; and hence they sensibly declined during each generation in intellectual power. And this system of female non-education or quietism still prevails.

My fear is that, with the best intentions, this policy has been carried so far as to react injuriously on the Male Sex.

For the consequence is that, as things now are, we Males have to lead a kind of bi-lingual, and I may almost say bi-mental existence. With Women, we speak of "love", "duty", "right", "wrong", "pity", "hope", and other irrational and emotional conceptions, which have no existence, and the fiction of which has no object except to control feminine exuberances; but among ourselves, and in our books, we have an entirely different vocabulary and I may almost say, idiom. "Love" then becomes "the anticipation of benefits"; "duty" becomes "necessity" or "fitness"; and other words are correspondingly transmuted. Moreover, among Women, we use language implying the utmost deference for their Sex; and they fully believe that the Chief Circle Himself is not more devoutly adored by us than they are: but behind their backs they are both regarded and spoken of—by all except the very young—as being little better than "mindless organisms".

Our Theology also in the Women's chambers is entirely different from our Theology elsewhere.

Now my humble fear is that this double training, in language as well as in thought, imposes somewhat too heavy a burden upon the young, especially when, at the age of three years old, they are taken from the maternal care and taught to unlearn the old language—except for the purpose of repeating it in the presence of their Mothers and Nurses—and to learn the vocabulary and idiom of Science. Already methinks I discern a weakness in the grasp of mathematical truth at the present time as compared with the more robust intellect of our ancestors three hundred years ago. I say nothing of the possible danger if a Woman should ever surreptitiously learn to read and convey to her Sex the result of her perusal of a single popular volume; nor of the possibility that the indiscretion or disobedience of some infant Male might reveal to a Mother the secrets of the logical dialect. On the simple ground of the enfeebling of the Male intellect, I rest this humble appeal to the highest Authorities to reconsider the regulations of Female Education.

# OTHER WORLDS

PART II

2

*"O brave new worlds, that have such people in them!"*

# How I Had a Vision of Lineland

## 13

It was the last day but one of the 1999th year of our era, and the first day of the Long Vacation. Having amused myself till a late hour with my favourite recreation of Geometry, I had retired to rest with an unsolved problem in my mind. In the night I had a dream.

I saw before me a vast multitude of small Straight Lines (which I naturally assumed to be

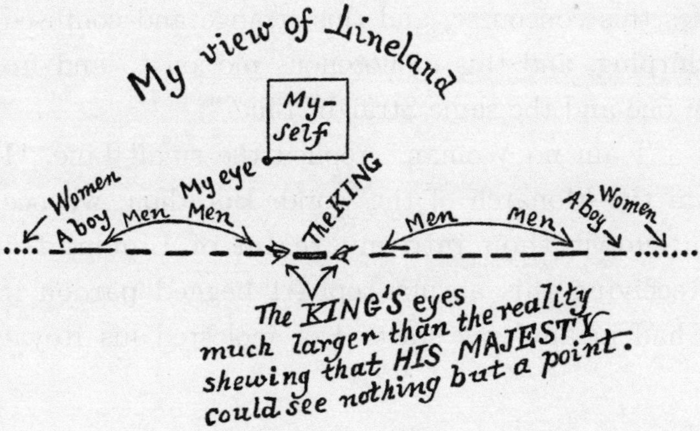

Women) interspersed with other Beings still smaller and of the nature of lustrous points—all moving to and fro in one and the same Straight Line, and, as nearly as I could judge, with the same velocity.

A noise of confused, multitudinous chirping or twittering issued from them at intervals as long as they were moving; but sometimes they ceased from motion, and then all was silence.

Approaching one of the largest of what I thought to be Women, I accosted her, but received no answer. A second and a third appeal on my part were equally ineffectual. Losing patience at what appeared to me intolerable rudeness, I brought my mouth into a position full in front of her mouth so as to intercept her motion, and loudly repeated my question, "Woman, what signifies this concourse, and this strange and confused chirping, and this monotonous motion to and fro in one and the same Straight Line?"

"I am no Woman," replied the small Line, "I am the Monarch of the world. But thou, whence intrudest thou into my realm of Lineland?" Receiving this abrupt reply, I begged pardon if I had in any way startled or molested his Royal

Highness; and describing myself as a stranger I besought the King to give me some account of his dominions. But I had the greatest possible difficulty in obtaining any information on points that really interested me; for the Monarch could not refrain from constantly assuming that whatever was familiar to him must also be known to me and that I was simulating ignorance in jest. However, by persevering questions I elicited the following facts:

It seemed that this poor ignorant Monarch—as he called himself—was persuaded that the Straight Line which he called his Kingdom, and in which he passed his existence, constituted the whole of the world, and indeed the whole of Space. Not being able either to move or to see, save in his Straight Line, he had no conception of anything out of it. Though he had heard my voice when I first addressed him, the sounds had come to him in a manner so contrary to his experience that he had made no answer, "seeing no man," as he expressed it, "and hearing a voice as it were from my own intestines." Until the moment when I placed my mouth in his World, he had neither seen me, nor heard anything except confused sounds beating against—what I called his side, but what he called his *inside* or *stomach;* nor had he even now the least conception of the region from which I had come. Outside his World, or Line, all was a blank to him; nay, not even a blank, for a blank implies Space; say, rather, all was non-existent.

His subjects—of whom the small Lines were Men and the Points Women—were all alike confined in motion and eye-sight to that single Straight Line, which was their World. It need scarcely be added that the whole of their horizon was limited to a Point; nor could any one ever see anything but a Point. Man, woman, child, thing—each was a Point to the eye of a Linelander. Only by the sound of the voice could sex or age be distinguished. Moreover, as each individual occupied the whole of the narrow path, so to speak, which constituted his Universe, and no one could move to the right or left to make way for passers by, it followed that no Linelander could ever pass another. Once neighbours, always neighbours. Neighbourhood with them was like marriage with us. Neighbours remained neighbours till death did them part.

Such a life, with all vision limited to a Point, and all motion to a Straight Line, seemed to me inexpressibly dreary; and I was surprised to note the vivacity and cheerfulness of the King. Wondering whether it was possible, amid circumstances so unfavourable to domestic relations, to enjoy the pleasures of conjugal union, I hesitated for some time to question his Royal Highness on so delicate a subject; but at last I plunged into it by abruptly inquiring as to the health of his family. "My wives and children," he replied, "are well and happy."

Staggered at this answer—for in the immediate proximity of the Monarch (as I had noted in my dream before I entered Lineland) there were none but Men—I ventured to reply, "Pardon me, but I cannot imagine how your Royal Highness can at any time either see or approach their Majesties, when there are at least half a dozen intervening individuals, whom you can neither see through, nor pass by? Is it possible that in Lineland proximity is not necessary for marriage and for the generation of children?"

"How can you ask so absurd a question?" replied the Monarch. "If it were indeed as you suggest, the Universe would soon be depopulated. No, no; neighbourhood is needless for the union of hearts; and the birth of children is too important a matter to have been allowed to depend upon such an accident as proximity. You cannot be ignorant of this. Yet since you are pleased to affect ignorance, I will instruct you as if you were the veriest baby in Lineland. Know, then, that marriages are consummated by means of the faculty of sound and the sense of hearing.

"You are of course aware that every Man has two mouths or voices—as well as two eyes—a bass at one and a tenor at the other of his extremities. I should not mention this, but that I have been unable to distinguish your tenor in the course of our conversation." I replied that I had but one voice, and that I had not been aware that his Royal Highness had two. "That confirms my impression," said the King, "that you are not a Man, but a feminine Monstrosity with a bass voice, and an utterly uneducated ear. But to continue.

"Nature having herself ordained that every

Man should wed two wives—" "Why two?" asked I. "You carry your affected simplicity too far," he cried. "How can there be a completely harmonious union without the combination of the Four in One, viz. the Bass and Tenor of the Man and the Soprano and Contralto of the two Women?" "But supposing," said I, "that a man should prefer one wife or three?" "It is impossible," he said; "it is as inconceivable as that two and one should make five, or that the human eye should see a Straight Line." I would have interrupted him; but he proceeded as follows:

"Once in the middle of each week a Law of Nature compels us to move to and fro with a rhythmic motion of more than usual violence, which continues for the time you would take to count a hundred and one. In the midst of this choral dance, at the fifty-first pulsation, the inhabitants of the Universe pause in full career, and each individual sends forth his richest, fullest, sweetest strain. It is in this decisive moment that all our marriages are made. So exquisite is the adaptation of Bass to Treble, of Tenor to Contralto, that often times the Loved Ones, though twenty thousand leagues away, recognise at once the responsive note of their destined Lover; and, penetrating the paltry obstacles of distance, Love unites the three. The marriage in that instant consummated results in a threefold Male and Female offspring which takes its place in Lineland."

"What! Always threefold?" said I. "Must one wife then always have twins?"

"Bass-voiced Monstrosity! yes," replied the King. "How else could the balance of the Sexes be maintained, if two girls were not born for every boy? Would you ignore the very Alphabet of Nature?" He ceased, speechless for fury; and some time elapsed before I could induce him to resume his narrative.

"You will not, of course, suppose that every bachelor among us finds his mates at the first wooing in this universal Marriage Chorus. On the contrary, the process is by most of us many times repeated. Few are the hearts whose happy lot it is at once to recognise in each other's voices the partner intended for them by Providence, and to fly into a reciprocal and perfectly harmonious embrace. With most of us the courtship is of long duration. The Wooer's voices may perhaps accord with one of the future wives, but not with both; or not, at first, with either; or the Soprano and Contralto may not quite harmonise. In such cases Nature has provided that every weekly Chorus shall bring the three Lovers into closer harmony. Each trial of voice, each fresh discovery of discord, almost imperceptibly induces the less perfect to modify his or her vocal utterance so as to approximate to the more perfect. And after many trials and many approximations, the result is at last achieved. There comes a day at last, when, while the wonted Marriage Chorus goes forth from universal Lineland, the three far-off Lovers suddenly find themselves in exact harmony, and, before they are aware, the wedded Triplet is rapt vocally into a duplicate embrace; and Nature rejoices over one more marriage and over three more births."

# 14 How I Vainly Tried to Explain the Nature of Flatland

Thinking that it was time to bring down the Monarch from his raptures to the level of common sense, I determined to endeavour to open up to him some glimpses of the truth, that is to say of the nature of things in Flatland. So I began thus: "How does your Royal Highness distinguish the shapes and positions of his subjects? I for my part noticed by the sense of sight, before I entered your Kingdom, that some of your people are Lines and others Points, and that some of the Lines are larger—" "You speak of an impossibility," interrupted the King; "you must have seen a vision; for to detect the difference between a Line and a Point by the sense of sight is, as every one knows, in the nature of things, impossible; but it can be detected by the sense of hearing, and by the same means my shape can be exactly ascertained. Behold me—I am a Line, the longest in Lineland, over six inches of Space—" "Of Length," I ventured to suggest. "Fool," said he, "Space is Length. Interrupt me again, and I have done."

I apologised; but he continued scornfully, "Since you are impervious to argument, you shall hear with your ears how by means of my two voices I reveal my shape to my Wives, who are at this moment six thousand miles seventy yards two feet eight inches away, the one to the North, the other to the South. Listen, I call to them."

He chirruped, and then complacently continued: "My wives at this moment receiving the sound of one of my voices, closely followed by the other, and perceiving that the latter reaches them after an interval in which sound can traverse 6.457 inches, infer that one of my mouths is 6.457 inches further from them than the other, and accordingly know my shape to be 6.457 inches. But you will of course understand that my wives do not make this calculation every time they hear my two voices. They made it, once for all, before we were married. But they *could* make it at any time. And in the same way I can estimate the shape of any of my Male subjects by the sense of sound."

"But how," said I, "if a Man feigns a Woman's voice with one of his two voices, or so disguises his Southern voice that it cannot be recognised as the echo of the Northern? May not such deceptions cause great inconvenience? And have you no means of checking frauds of this kind by commanding your neighbouring subjects to feel one another?" This of course was a very stupid question, for feeling could not have answered the purpose; but I asked with the view of irritating the Monarch, and I succeeded perfectly.

"What!" cried he in horror, "explain your meaning." "Feel, touch, come into contact," I replied. "If you mean by *feeling*," said the King, "approaching so close as to leave no space between two individuals, know, Stranger, that this offence is punishable in my dominions by death. And the reason is obvious. The frail form of a Woman, being liable to be shattered by such an approximation, must be preserved by the State; but since Women cannot be distinguished by the sense of sight from Men, the Law ordains universally that neither Man nor Woman shall be approached so closely as to destroy the interval between the approximator and the approximated.

"And indeed what possible purpose would be served by this illegal and unnatural excess of approximation which you call *touching*, when all the ends of so brutal and coarse a process are attained at once more easily and more exactly by the sense of hearing? As to your suggested danger of deception, it is non-existent: for the Voice, being the essence of one's Being, cannot be thus changed at will. But come, suppose that I had the power of passing through solid things, so that I could penetrate my subjects, one after another, even to the number of a billion, verifying the size and distance of each by the sense of *feeling:* how much time and energy would be wasted in this clumsy and inaccurate method! Whereas now, in one moment of audition, I take as it were the census and statistics, local, corporal, mental, and spiritual, of every living being in Lineland. Hark, only hark!"

So saying he paused and listened, as if in an ecstasy, to a sound which seemed to me no better than a tiny chirping from an innumerable multitude of lilliputian grasshoppers.

"Truly," replied I, "your sense of hearing serves you in good stead, and fills up many of your deficiencies. But permit me to point out that your life in Lineland must be deplorably dull. To see nothing but a Point! Not even to be able to contemplate a Straight Line! Nay, not even to know what a Straight Line is! To see, yet be cut off from those Linear prospects which are vouchsafed to us in Flatland! Better surely to have no sense of sight at all than to see so little! I grant you I have not your discriminative faculty of hearing; for the concert of all Lineland which gives you such intense pleasure, is to me no better than a multitudinous twittering or chirping. But at least I can discern, by sight, a Line from a Point. And let me prove it. Just before I came into your kingdom, I saw you dancing from left to right, and then from right to left, with seven Men and a Woman in your immediate proximity on the left, and eight Men and two Women on your right. Is not this correct?"

"It is correct," said the King, "so far as the numbers and sexes are concerned, though I know not what you mean by 'right' and 'left'. But I deny that you saw these things. For how could you see the Line, that is to say the inside, of any Man? But you must have heard these things, and then dreamed that you saw them. And let me ask what you mean by those words 'left' and 'right'. I suppose it is your way of saying Northward and Southward."

"Not so," replied I; "besides your motion of Northward and Southward, there is another motion which I call from right to left."

*King.* Exhibit to me, if you please, this motion from left to right.

*I.* Nay, that I cannot do, unless you could step out of your Line altogether.

*King.* Out of my Line? Do you mean out of the World? Out of Space?

*I.* Well, yes. Out of *your* World. Out of *your* Space. For your Space is not the true Space. True Space is a Plane; but your Space is only a Line.

*King.* If you cannot indicate this motion from left to right by yourself moving in it, then I beg you to describe it to me in words.

*I.* If you cannot tell your right side from your left, I fear that no words of mine can make my meaning clear to you. But surely you cannot be ignorant of so simple a distinction.

*King.* I do not in the least understand you.

*I.* Alas! How shall I make it clear? When you move straight on, does it not sometimes occur to you that you *could* move in some other way, turning your eye round so as to look in the direction towards which your side is now fronting? In other words, instead of always moving in the direction of one of your extremities, do you never feel a desire to move in the direction, so to speak, of your side?

*King.* Never. And what do you mean? How can a man's inside "front" in any direction? Or how can a man move in the direction of his inside?

*I.* Well then, since words cannot explain the matter, I will try deeds, and will move gradually out of Lineland in the direction which I desire to indicate to you.

At the word I began to move my body out of Lineland. As long as any part of me remained in his dominion and in his view, the King kept exclaiming, "I see you, I see you still; you are not moving." But when I had at last moved myself out of his Line, he cried in his shrillest voice, "She is vanished; she is dead." "I am not dead," replied I; "I am simply out of Lineland, that is to say, out of the Straight Line which you call Space, and in the true Space, where I can see things as they are. And at this moment I can see your Line, or side—or inside as you are pleased to call it; and I can also see the Men and Women on the North and South of you, whom I will now enumerate, describing their order, their size, and the interval between each."

When I had done this at great length, I cried triumphantly, "Does this at last convince you?" And, with that, I once more entered Lineland, taking up the same position as before.

But the Monarch replied, "If you were a Man of sense—though, as you appear to have only one voice I have little doubt you are not a Man but a Woman—but, if you had a particle of sense, you would listen to reason. You ask me to believe that there is another Line besides that which my senses indicate, and another motion besides that of which I am daily conscious. I, in return, ask you to describe in words or indicate by motion that other Line of which you speak. Instead of moving, you merely exercise some magic art of vanishing and returning to sight; and instead of any lucid description of your new World, you simply tell me the numbers and sizes of some forty of my retinue, facts known to any child in my capital. Can anything be more irrational or audacious? Acknowledge your folly or depart from my dominions."

Furious at his perversity, and especially indignant that he professed to be ignorant of my sex, I retorted in no measured terms, "Besotted Being! You think yourself the perfection of existence, while you are in reality the most imperfect and imbecile. You profess to see, whereas you can see nothing but a Point! You plume yourself on inferring the existence of a Straight Line; but I *can see* Straight Lines, and infer the existence of Angles, Triangles, Squares, Pentagons, Hexagons, and even Circles. Why waste more words? Suffice it that I am the completion of your incomplete self. You are a Line, but I am a Line of Lines, called in my country a Square: and even I, infinitely superior though I am to you, am of little account among the great nobles of Flatland, whence I have come to visit you, in the hope of enlightening your ignorance."

Hearing these words the King advanced towards me with a menacing cry as if to pierce me through the diagonal; and in that same moment there arose from myriads of his subjects a multitudinous war-cry, increasing in vehemence till at last methought it rivalled the roar of an army of a hundred thousand Isosceles, and the artillery of a thousand Pentagons. Spell-bound and motionless,

I could neither speak nor move to avert the impending destruction; and still the noise grew louder, and the King came closer, when I awoke to find the breakfast-bell recalling me to the realities of Flatland.

1 When I say "sitting", of course I do not mean any change of attitude such as you in Spaceland signify by that word; for as we have no feet, we can no more "sit" nor "stand" (in your sense of the word) than one of your soles or flounders.

Nevertheless, we perfectly well recognise the different mental states of volition implied in "lying", "sitting", and "standing", which are to some extent indicated to a beholder by a slight increase of lustre corresponding to the increase of volition.

But on this, and a thousand other kindred subjects, time forbids me to dwell.

# Concerning a Stranger from Spaceland

15

From dreams I proceed to facts.

It was the last day of the 1999th year of our era. The pattering of the rain had long ago announced nightfall; and I was sitting[1] in the company of my wife, musing on the events of the past and the prospects of the coming year, the coming century, the coming Millennium.

My four Sons and two orphan Grandchildren had retired to their several apartments; and my wife alone remained with me to see the old Millennium out and the new one in.

I was rapt in thought, pondering in my mind some words that had casually issued from the mouth of my youngest Grandson, a most promising young Hexagon of unusual brilliancy and perfect angularity. His uncles and I had been giving him his usual practical lesson in Sight Recognition, turning ourselves upon our centres, now rapidly, now more slowly, and questioning him as to our positions; and his answers had been so satisfactory that I had been induced to reward him by giving him a few hints on Arithmetic, as applied to Geometry.

Taking nine Squares, each an inch every way, I had put them together so as to make one large Square, with a side of three inches, and I had hence proved to my little Grandson that—though it was impossible for us to *see* the inside of the Square—yet we might ascertain the number of square inches in a Square by simply squaring the number of inches in the side: "and thus," said I, "we know that $3^2$, or 9, represents the number of square inches in a Square whose side is 3 inches long."

The little Hexagon meditated on this a while and then said to me: "But you have been teaching me to raise numbers to the third power; I suppose $3^3$ must mean something in Geometry; what does it mean?" "Nothing at all," replied I, "not at least in Geometry; for Geometry has only Two Dimensions." And then I began to shew the boy how a Point by moving through a length of three inches makes a Line of three inches, which may be represented by 3; and how a Line of three inches, moving parallel to itself through a length of three inches, makes a Square of three inches every way, which may be represented by $3^2$.

Upon this, my Grandson, again returning to his former suggestion, took me up rather suddenly and exclaimed, "Well, then, if a Point by moving three inches, makes a Line of three inches represented by 3; and if a straight Line of three inches, moving parallel to itself, makes a Square of three inches every way, represented by $3^2$; it must be that a Square of three inches every way, moving somehow parallel to itself (but I don't see how) must make a Something else (but I don't see what) of three inches every way—and this must be represented by $3^3$."

"Go to bed," said I, a little ruffled by his interruption: "if you would talk less nonsense, you would remember more sense."

So my Grandson had disappeared in disgrace; and there I sat by my Wife's side, endeavouring to form a retrospect of the year 1999 and of the possibilities of the year 2000, but not quite able to shake off the thoughts suggested by the prattle of my bright little Hexagon. Only a few sands now remained in the half-hour glass. Rousing myself from my reverie I turned the glass Northward for the last time in the old Millennium; and in the act, I exclaimed aloud, "The boy is a fool."

Straightway I became conscious of a Presence in the room, and a chilling breath thrilled through my very being. "He is no such thing," cried my Wife, "and you are breaking the Commandments in thus dishonouring your own Grandson." But I took no notice of her. Looking round in every direction I could see nothing; yet still I *felt* a Presence, and shivered as the cold whisper came again. I started up. "What is the matter?" said my Wife, "there is no draught; what are you looking for? There is nothing." There was nothing; and I resumed my seat, again exclaiming, "The boy is a fool, I say; $3^3$ can have no meaning in Geometry." At once there came a distinctly audible reply, "The boy is not a fool; and $3^3$ has an obvious Geometrical meaning."

My Wife as well as myself heard the words, although she did not understand their meaning, and both of us sprang forward in the direction of the sound. What was our horror when we saw before us a Figure! At the first glance it appeared to be a Woman, seen sideways; but a moment's observation shewed me that the extremities passed into dimness too rapidly to represent one of the Female Sex; and I should have thought it a Circle, only that it seemed to change its size in a manner impossible for a Circle or for any regular Figure of which I had had experience.

But my Wife had not my experience, nor the coolness necessary to note these characteristics. With the usual hastiness and unreasoning jealousy of her Sex, she flew at once to the conclusion that a Woman had entered the house through some small aperture. "How comes this person here?" she exclaimed, "you promised me, my dear, that there should be no ventilators in our new house." "Nor are there any," said I; "but what makes you think that the stranger is a Woman? I see by my power of Sight Recognition—" "Oh, I have no patience with your Sight Recognition," replied she, "'Feeling is believing' and 'A Straight Line to the touch is worth a Circle to the sight'"—two Proverbs, very common with the Frailer Sex in

Flatland.

"Well," said I, for I was afraid of irritating her, "if it must be so, demand an introduction." Assuming her most gracious manner, my Wife advanced towards the Stranger, "Permit me, Madam, to feel and be felt by—" then, suddenly recoiling, "Oh! it is not a Woman, and there are no angles either, not a trace of one. Can it be that I have so misbehaved to a perfect Circle?"

"I am indeed, in a certain sense a Circle," replied the Voice, "and a more perfect Circle than any in Flatland; but to speak more accurately, I am many Circles in one." Then he added more mildly, "I have a message, dear Madam, to your husband, which I must not deliver in your presence; and, if you would suffer us to retire for a few minutes—" But my Wife would not listen to the proposal that our august Visitor should so incommode himself, and assuring the Circle that the hour of her own retirement had long passed, with many reiterated apologies for her recent indiscretion, she at last retreated to her apartment.

I glanced at the half-hour glass. The last sands had fallen. The third Millennium had begun.

# How the Stranger Vainly Endeavoured to Reveal to Me in Words the Mysteries of Spaceland

16

As soon as the sound of the Peace-cry of my departing Wife had died away, I began to approach the Stranger with the intention of taking a nearer view and of bidding him be seated: but his appearance struck me dumb and motionless with astonishment. Without the slightest symptoms of angularity he nevertheless varied every instant with gradations of size and brightness scarcely possible for any Figure within the scope of my experience. The thought flashed across me that I might have before me a burglar or cut-throat, some monstrous Irregular Isosceles, who, by feigning the voice of a Circle, had obtained admission somehow into the house, and was now preparing to stab me with his acute angle.

In a sitting-room, the absence of Fog (and the season happened to be remarkably dry), made it difficult for me to trust to Sight Recognition, especially at the short distance at which I was standing. Desperate with fear, I rushed forward with an unceremonious, "You must permit me, Sir—" and felt him. My Wife was right. There was not the trace of an angle, not the slightest roughness or inequality: never in my life had I met with a more perfect Circle. He remained motionless while I walked round him, beginning from his eye and returning to it again. Circular he was throughout, a perfectly satisfactory Circle; there could not be a doubt of it. Then followed a dialogue, which I will endeavour to set down as near as I can recollect it, omitting only some of my profuse apologies—for I was covered with shame and humiliation that I, a Square, should have been guilty of the impertinence of feeling a Circle. It was commenced by the Stranger with some impatience at the lengthiness of my introductory process.

*Stranger.* Have you felt me enough by this time? Are you not introduced to me yet?

*I.* Most illustrious Sir, excuse my awkwardness, which arises not from ignorance of the usages of polite society, but from a little surprise and nervousness, consequent on this somewhat unexpected visit. And I beseech you to reveal my indiscretion to no one, and especially not to my Wife. But before your Lordship enters into further communications, would he deign to satisfy the curiosity of one who would gladly know whence his Visitor came?

*Stranger.* From Space, from Space, Sir: whence else?

*I.* Pardon me, my Lord, but is not your Lordship already in Space, your Lordship and his humble servant, even at this moment?

*Stranger.* Pooh! what do you know of Space? Define Space.

*I.* Space, my Lord, is height and breadth indefinitely prolonged.

*Stranger.* Exactly: you see you do not even know what Space is. You think it is of Two Dimensions only; but I have come to announce to you a Third—height, breadth, and length.

*I.* Your Lordship is pleased to be merry. We also speak of length and height, or breadth and thickness, thus denoting Two Dimensions by four names.

*Stranger.* But I mean not only three names, but Three Dimensions.

*I.* Would your Lordship indicate or explain to me in what direction is the Third Dimension, unknown to me?

*Stranger.* I came from it. It is up above and down below.

*I.* My Lord means seemingly that it is Northward and Southward.

*Stranger.* I mean nothing of the kind. I mean a direction in which you cannot look, because you have no eye in your side.

*I.* Pardon me, my Lord, a moment's inspection will convince your Lordship that I have a perfect luminary at the juncture of two of my sides.

*Stranger.* Yes: but in order to see into Space you ought to have an eye, not on your Perimeter, but on your side, that is, on what you would probably call your inside; but we in Spaceland should call it your side.

*I.* An eye in my inside! An eye in my stomach! Your Lordship jests.

*Stranger.* I am in no jesting humour. I tell you that I come from Space, or, since you will not understand what Space means, from the Land of Three Dimensions whence I but lately looked down upon your Plane which you call Space forsooth. From that position of advantage I discerned all that you speak of as *solid* (by which you mean "enclosed on four sides"), your houses, your churches, your very chests and safes, yes even your insides and stomachs, all lying open and exposed to my view.

*I.* Such assertions are easily made, my Lord.

*Stranger.* But not easily proved, you mean. But I mean to prove mine.

When I descended here, I saw your four Sons, the Pentagons, each in his apartment, and your two Grandsons the

Hexagons; I saw your youngest Hexagon remain a while with you and then retire to his room, leaving you and your Wife alone. I saw your Isosceles servants, three in number, in the kitchen at supper, and the little Page in the scullery. Then I came here, and how do you think I came?

*I.* Through the roof, I suppose.

*Stranger.* Not so. Your roof, as you know very well, has been recently repaired, and has no aperture by which even a Woman could penetrate. I tell you I come from Space. Are you not convinced by what I have told you of your children and household.

*I.* Your Lordship must be aware that such facts touching the belongings of his humble servant might be easily ascertained by any one in the neighbourhood possessing your Lordship's ample means of obtaining information.

*Stranger.* (*To himself*) What must I do? Stay; one more argument suggests itself to me. When you see a Straight Line—your wife, for example—how many Dimensions do you attribute to her?

*I.* Your Lordship would treat me as if I were one of the vulgar who, being ignorant of Mathematics, suppose that a Woman is really a Straight Line, and only of One Dimension. No, no, my Lord; we Squares are better advised, and are as well aware as your Lordship that a Woman, though popularly called a Straight Line, is, really and scientifically, a very thin Parallelogram, possessing Two Dimensions, like the rest of us, viz., length and breadth (or thickness).

*Stranger.* But the very fact that a Line is visible implies that it possesses yet another Dimension.

*I.* My Lord, I have just acknowledged that a Woman is broad as well as long. We see her length, we infer her breadth; which, though very slight, is capable of measurement.

*Stranger.* You do not understand me. I mean that when you see a Woman, you ought—besides inferring her breadth—to see her length, and to *see* what we call her *height*; although that last Dimension is infinitesimal in your country. If a Line were mere length without "height", it would cease to occupy space and would become invisible. Surely you must recognize this?

*I.* I must indeed confess that I do not in the least understand your Lordship. When we in Flatland see a Line, we see length and *brightness*. If the brightness disappears, the line is extinguished, and, as you say, ceases to occupy Space. But am I to suppose that your Lordship gives to brightness the title of a Dimension, and that what we call "bright" you call "high"?

*Stranger.* No, indeed. By "height" I mean a Dimension like your length: only, with you, "height" is not so easily perceptible, being extremely small.

*I.* My Lord, your assertion is easily put to the test. You say I have a Third Dimension, which you call "height". Now, Dimension implies direction and measurement. Do but measure my "height", or merely indicate to me the direction in which my "height" extends, and I will become your convert. Otherwise, your Lordship's own understanding must hold me excused.

*Stranger.* (*To himself*) I can do neither. How shall I convince him? Surely a plain statement of facts followed by ocular demonstration ought to suffice.—Now, Sir; listen to me.

You are living on a Plane. What you style Flatland is the vast level surface of what I may call a fluid, on, or in, the top of which you and your countrymen move about, without rising above it or falling below it.

I am not a plane Figure, but a Solid. You call me a Circle; but in reality I am not a Circle, but an infinite number of

Circles, of size varying from a Point to a Circle of thirteen inches in diameter, one placed on the top of the other. When I cut through your plane as I am now doing, I make in your plane a section which you, very rightly, call a Circle. For even a Sphere—which is my proper name in my own country—if he manifest himself at all to an inhabitant of Flatland—must needs manifest himself as a Circle.

Do you not remember—for I, who see all things, discerned last night the phantasmal vision of Lineland written upon your brain—do you not remember, I say, how, when you entered the realm of Lineland, you were compelled to manifest yourself to the King not as a Square, but as a Line, because that Linear Realm had not Dimensions enough to represent the whole of you, but only a slice or section of you? In precisely the same way, your country of Two Dimensions is not spacious enough to represent me, a being of Three, but can only exhibit a slice or section of me, which is what you call a Circle.

The diminished brightness of your eye indicates incredulity. But now prepare to receive proof positive of the truth of my assertions. You cannot indeed see more than one of my sections, or Circles, at a time; for you have no power to raise your eye out of the plane of Flatland; but you can at least see that, as I rise in Space, so my section becomes smaller. See now, I will rise; and the effect upon your eye will be that my Circle will become smaller and smaller till it dwindles to a point and finally vanishes.

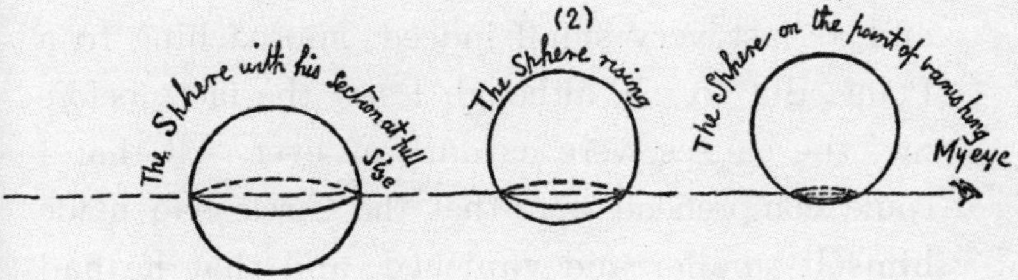

There was no "rising" that I could see; but he diminished and finally vanished. I winked once or twice to make sure that I was not dreaming. But it was no dream. For from the depths of nowhere came forth a hollow voice—close to my heart it seemed—"Am I quite gone? Are you convinced now? Well, now I will gradually return to Flatland and you shall see my section become larger and larger."

Every reader in Spaceland will easily understand that my mysterious Guest was speaking the language of truth and even of simplicity. But to me, proficient though I was in Flatland Mathematics, it was by no means a simple matter. The rough diagram given above will make it clear to any Spaceland child that the Sphere, ascending in the three positions indicated there, must needs have manifested himself to me, or to any Flatlander, as a Circle, at first of full size, then small, and at last very small indeed, approaching to a Point. But to me, although I saw the facts before me, the causes were as dark as ever. All that I could comprehend was, that the Circle had made himself smaller and vanished, and that he had now reappeared and was rapidly making himself larger.

When he regained his original size, he heaved a deep sigh; for he perceived by my silence that I had altogether failed to comprehend him. And indeed I was now inclining to the belief that he must be no Circle at all, but some extremely clever juggler; or else that the old wives' tales were true, and that after all there were such people as Enchanters and Magicians.

After a long pause he muttered to himself, "One resource alone remains, if I am not to resort to action. I must try the method of Analogy." Then followed a still longer silence, after which he continued our dialogue.

*Sphere.* Tell me, Mr. Mathematician; if a Point moves Northward, and leaves a luminous wake, what name would you give to the wake?

*I.* A straight Line.

*Sphere.* And a straight Line has how many extremities?

*I.* Two.

*Sphere.* Now conceive the Northward straight

Line moving parallel to itself, East and West, so that every point in it leaves behind it the wake of a straight Line. What name will you give to the Figure thereby formed? We will suppose that it moves through a distance equal to the original straight Line.—What name, I say?

*I.* A Square.

*Sphere.* And how many sides has a Square? How many angles?

*I.* Four sides and four angles.

*Sphere.* Now stretch your imagination a little, and conceive a Square in Flatland, moving parallel to itself upward.

*I.* What? Northward?

*Sphere.* No, not Northward; upward; out of Flatland altogether.

If it moved Northward, the Southern points in the Square would have to move through the positions previously occupied by the Northern points. But that is not my meaning.

I mean that every Point in you—

for you are a Square and will serve the purpose of my illustration—every Point in you, that is to say in what you call your inside, is to pass upwards through Space in such a way that no Point shall pass through the position previously occupied by any other Point; but each Point shall describe a straight Line of its own. This is all in accordance with Analogy; surely it must be clear to you.

Restraining my impatience—for I was now under a strong temptation to rush blindly at my Visitor and to precipitate him into Space, or out of Flatland, anywhere, so that I could get rid of him—I replied:—

"And what may be the nature of the Figure which I am to shape out by this motion which you are pleased to denote by the word 'upward'? I presume it is describable in the language of Flatland."

*Sphere.* Oh, certainly. It is all plain and simple, and in strict accordance with Analogy—only, by the way, you must not speak of the result as being a Figure, but as a Solid. But I will describe it to you. Or rather not I, but Analogy.

We began with a single Point, which of course—being itself a Point—has only *one* terminal Point.

One Point produces a Line with *two* terminal Points.

One Line produces a Square with *four* terminal Points.

Now you can give yourself the answer to your own question: 1, 2, 4, are evidently in Geometrical Progression. What is the next number?

*I.* Eight.

*Sphere.* Exactly. The one Square produces a *Something-which-you-do-not-as-yet-know-a-name-for-but-which-we-call-a-Cube* with *eight* terminal Points. Now are you convinced?

*I.* And has this Creature sides, as well as angles or what you call "terminal Points"?

*Sphere.* Of course; and all according to Analogy. But, by the way, not what *you* call sides, but what *we* call sides. You would call them *solids.*

*I.* And how many solids or sides will appertain to this Being whom I am to generate by the motion of my inside in an "upward" direction, and whom you call a Cube?

*Sphere.* How can you ask? And you a mathematician! The side of anything is always, if I may so say, one Dimension behind the thing. Consequently, as there is no Dimension behind a Point, a Point has 0 sides; a Line, if I may so say, has 2 sides (for the Points of a Line may be called by courtesy, its sides); a Square has 4 sides; 0, 2, 4; what Progression do you call that?

*I.* Arithmetical.

*Sphere.* And what is the next number?

*I.* Six.

*Sphere.* Exactly. Then you see you have answered your own question. The Cube which you will generate will be bounded by six sides, that is to say, six of your insides. You see it all now, eh?

"Monster," I shrieked, "be thou juggler, enchanter, dream, or devil, no more will I endure thy mockeries. Either thou or I must perish." And saying these words I precipitated myself upon him.

# How the Sphere, Having in Vain Tried Words, Resorted to Deeds

17

It was in vain. I brought my hardest right angle into violent collision with the Stranger, pressing on him with a force sufficient to have destroyed any ordinary Circle: but I could feel him slowly and unarrestably slipping from my contact; not edging to the right nor to the left, but moving somehow out of the world, and vanishing to nothing. Soon there was a blank. But still I heard the Intruder's voice.

*Sphere.* Why will you refuse to listen to reason? I had hoped to find in you—as being a man of sense and an accomplished mathematician—a fit apostle for the Gospel of the Three Dimensions, which I am allowed to preach once only in a thousand years: but now I know not how to convince you. Stay, I have it.

Deeds, and not words, shall proclaim the truth. Listen, my friend.

I have told you I can see from my position in Space the inside of all things that you consider closed. For example, I see in yonder cupboard near which you are standing, several of what you call boxes (but like everything else in Flatland, they have no tops nor bottoms) full of money; I see also two tablets of accounts. I am about to descend into that cupboard and to bring you one of those tablets. I saw you lock the cupboard half an hour ago, and I know you have the key in your possession. But I descend from Space; the doors, you see, remain unmoved. Now I am in the cupboard and am taking the tablet. Now I have it. Now I ascend with it.

I rushed to the closet and dashed the door open. One of the tablets was gone. With a mocking laugh, the Stranger appeared in the other corner of the room, and at the same time the tablet appeared upon the floor. I took it up. There could be no doubt—it was the missing tablet.

I groaned with horror, doubting whether I was not out of my senses; but the Stranger continued: "Surely you must now see that my explanation, and no other, suits the phenomena. What you call Solid things are really superficial; what you call Space is really nothing but a great Plane. I am in Space, and look down upon the insides of the things of which you only see the outsides. You could leave this Plane yourself, if you could but summon up the necessary volition. A slight upward or downward motion would enable you to see all that I can see.

"The higher I mount, and the further I go from your Plane, the more I can see, though of course I see it on a smaller scale. For example, I am ascending; now I can see your neighbour the Hexagon and his family in their several apartments; now I see the inside of the Theatre, ten doors off, from which the audience is only just departing; and on the other side a Circle in his study, sitting at his books. Now I shall come back to you. And, as a crowning proof, what do you say to my giving you a touch, just the least touch, in your stomach? It will not seriously injure you, and the slight pain you may suffer cannot be compared with the mental benefit you will receive."

Before I could utter a word of remonstrance, I felt a shooting pain in my inside, and a demoniacal laugh seemed to issue from within me. A moment afterwards the sharp agony had ceased, leaving nothing but a dull ache behind, and the Stranger began to reappear, saying, as he gradually increased in size, "There, I have not hurt you much, have I? If you are not convinced now, I don't know what will convince you. What say you?"

My resolution was taken. It seemed intolerable that I should endure existence subject to the arbitrary visitations of a Magician who could thus play tricks with one's very stomach. If only I could in any way manage to pin him against the wall till help came!

Once more I dashed my hardest angle against him, at the same time alarming the whole household by my cries for aid. I believe, at the moment of my onset, the Stranger had sunk below our Plane, and really found difficulty in rising. In any case he remained motionless, while I, hearing, as I thought, the sound of some help approaching, pressed against him with redoubled vigour, and continued to shout for assistance.

A convulsive shudder ran through the Sphere. "This must not be," I thought I heard him say: "either he must listen to reason, or I must have recourse to the last resource of civilization." Then, addressing me in a louder tone, he hurriedly exclaimed, "Listen: no stranger must witness what you have witnessed. Send your Wife back at once, before she enters the apartment. The Gospel of Three Dimensions must not be thus frustrated. Not thus must the fruits of one thousand years of waiting be thrown away. I hear her coming. Back! back! Away from me, or you must go with me—whither you know not—into the Land of Three Dimensions!"

"Fool! Madman! Irregular!" I exclaimed; "never will I release thee; thou shalt pay the penalty of thine impostures."

"Ha! Is it come to this?" thundered the Stranger: "then meet your fate: out of your Plane you go. Once, twice, thrice! Tis done!"

18

# How I Came to Spaceland, and What I Saw There

An unspeakable horror seized me. There was a darkness; then a dizzy, sickening sensation of sight that was not like seeing; I saw a Line that was no Line; Space that was not Space: I was myself, and not myself. When I could find voice, I shrieked aloud in agony, "Either this is madness or it is Hell." "It is neither," calmly replied the voice of the Sphere, "it is Knowledge; it is Three Dimensions: open your eye once again and try to look steadily."

I looked, and, behold, a new world! There stood before me, visibly incorporate, all that I had before inferred, conjectured, dreamed, of perfect Circular beauty. What seemed the centre of the Stranger's form lay open to my view: yet I could see no heart, nor lungs, nor arteries, only a beautiful harmonious Something—for which I had no words; but you, my Readers in Spaceland, would call it the surface of the Sphere.

Prostrating myself mentally before my Guide, I cried, "How is it, O divine ideal of consummate loveliness and wisdom, that I see thy inside, and yet cannot discern thy heart, thy lungs, thy arteries, thy liver?" "What you think you see, you see not," he replied; "it is not given to you, nor to any other Being, to behold my internal parts. I am of a different order of Beings from those in Flatland. Were I a Circle, you could discern my intestines, but I am a Being composed, as I told you before, of many Circles, the Many in the One, called in this country a Sphere. And, just as the outside of a Cube is a Square, so the outside of a Sphere presents the appearance of a Circle."

Bewildered though I was by my Teacher's enigmatic utterance, I no longer chafed against it, but worshipped him in silent adoration. He continued, with more mildness in his voice: "Distress not yourself if you cannot at first understand the deeper mysteries of Spaceland. By degrees they will dawn upon you. Let us begin by casting back a glance at the region whence you came. Return with me a while to the plains of Flatland, and

I will shew you that which you have so often reasoned and thought about, but never seen with the sense of sight—a visible angle." "Impossible!" I cried; but, the Sphere leading the way, I followed as if in a dream, till once more his voice arrested me: "Look yonder, and behold your own Pentagonal house and all its inmates."

I looked below, and saw with my physical eye all that domestic individuality which I had hitherto merely inferred with the understanding. And how poor and shadowy was the inferred conjecture in comparison with the reality which I now beheld! My four Sons calmly asleep in the North-Western rooms, my two orphan Grandsons to the South; the Servants, the Butler, my Daughter, all in their several apartments. Only my affectionate Wife, alarmed by my continued absence, had quitted her room and was roving up and down in the Hall, anxiously awaiting my return. Also the Page, aroused by my cries, had left his room, and under pretext of ascertaining whether I had fallen somewhere in a faint, was prying into the cabinet in my study. All this I could now *see*, not merely infer; and as we came nearer and nearer, I could discern even the contents of my cabinet, and the two chests of gold, and the tablets of which the Sphere had made mention.

Touched by my Wife's distress, I would have sprung downward to reassure her, but I found myself incapable of motion. "Trouble not yourself about your Wife," said my Guide: "she will not be long left in anxiety; meantime, let us take a survey of Flatland."

Once more I felt myself rising through space. It was even as the Sphere had said. The further we receded from the object we beheld, the larger became the field of vision. My native city, with the interior of every house and every creature therein, lay open to my view in miniature. We mounted higher, and lo, the secrets of the earth, the depths of mines and inmost caverns of the hills, were bared before me.

Awestruck at the sight of the mysteries of the earth, thus unveiled before my unworthy eye, I said to my Companion, "Behold, I am become as a God. For the wise men in our country say that to see all things, or as they express it, *omnividence*, is the attribute of God alone." There was something of scorn in the voice of my Teacher as he made answer: "Is it so indeed? Then the very pickpockets and cut-throats of my country are to be worshipped by your wise men as being Gods: for there is not one of them that does not see as much as you see now. But trust me, your wise men are wrong."

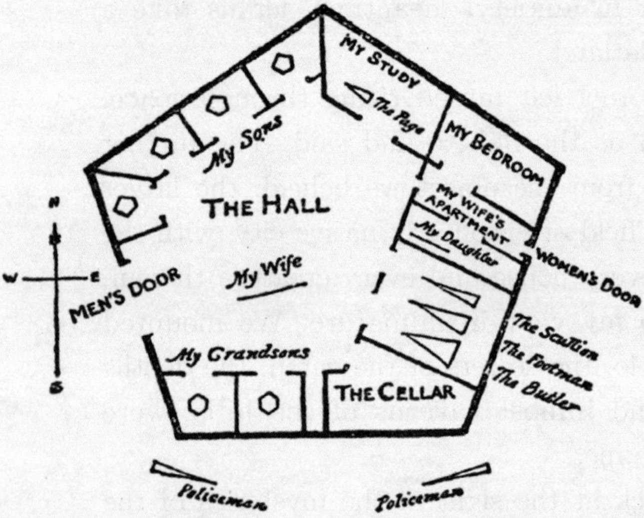

*I.* Then is omnividence the attribute of others beside Gods?

*Sphere.* I do not know. But, if a pick-pocket or a cut-throat of our country can see everything that is in your country, surely that is no reason why the pick-pocket or cut-throat should be accepted by you as a God. This omnividence, as you call it—it is not a common word in Spaceland—does it make you more just, more merciful, less selfish, more loving? Not in the least. Then how does it make you more divine?

*I.* "More merciful, more loving!" But these are the qualities of women! And we know that a Circle is a higher Being than a Straight Line, in so far as knowledge and wisdom are more to be esteemed than mere affection.

*Sphere.* It is not for me to classify human faculties according to merit. Yet many of the best and wisest in Spaceland think more of the affections than of the understanding, more of your despised

Straight Lines than of your belauded Circles. But enough of this. Look yonder. Do you know that building?

I looked, and afar off I saw an immense Polygonal structure, in which I recognized the General Assembly Hall of the States of Flatland, surrounded by dense lines of Pentagonal buildings at right angles to each other, which I knew to be streets; and I perceived that I was approaching the great Metropolis.

"Here we descend," said my Guide. It was now morning, the first hour of the first day of the two thousandth year of our era. Acting, as was their wont, in strict accordance with precedent, the highest Circles of the realm were meeting in solemn conclave, as they had met on the first hour of the first day of the year 1000, and also on the first hour of the first day of the year 0.

The minutes of the previous meetings were now read by one whom I at once recognized as my brother, a perfectly Symmetrical Square, and the Chief Clerk of the High Council. It was found recorded on each occasion that: "Whereas the States had been troubled by divers ill-intentioned persons pretending to have received revelations from another World, and professing to produce demonstrations whereby they had instigated to frenzy both themselves and others, it had been for this cause unanimously resolved by the Grand Council that on the first day of each millenary, special injunctions be sent to the Prefects in the several districts of Flatland, to make strict search for such misguided persons, and without formality of mathematical examination, to destroy all such as were Isosceles of any degree, to scourge and imprison any regular Triangle, to cause any Square or Pentagon to be sent to the district Asylum, and to arrest any one of higher rank, sending him straightway to the Capital to be examined and judged by the Council."

"You hear your fate," said the Sphere to me, while the Council was passing for the third time the formal resolution. "Death or imprisonment awaits the Apostle of the Gospel of Three Dimensions." "Not so," replied I, "the matter is now so clear to me, the nature of real space so palpable, that methinks I could make a child understand it. Permit me but to descend at this moment and enlighten them." "Not yet," said my Guide, "the time will come for that. Meantime I must perform my mission. Stay thou there in thy place." Saying these words, he leaped with great dexterity into the sea (if I may so call it) of Flatland, right in the midst of the ring of Counsellors. "I come," cried he, "to proclaim that there is a land of Three Dimensions."

I could see many of the younger Counsellors start back in manifest horror, as the Sphere's circular section widened before them. But on a sign from the presiding Circle—who shewed not the slightest alarm or surprise—six Isosceles of a low type from six different quarters rushed upon the Sphere. "We have him," they cried; "No; yes; we have him still! he's going! he's gone!"

"My Lords," said the President to the Junior Circles of the Council, "there is not the slightest need for surprise; the secret archives, to which I alone have access, tell me that a similar occurrence happened on the last two millennial commencements. You will, of course, say nothing of these trifles outside the Cabinet."

Raising his voice, he now summoned the

guard. “Arrest the policemen; gag them. You know your duty.” After he had consigned to their fate the wretched policemen—ill-fated and unwilling witnesses of a State-secret which they were not to be permitted to reveal—he again addressed the Counsellors. “My Lords, the business of the Council being concluded, I have only to wish you a happy New Year.” Before departing, he expressed, at some length, to the Clerk, my excellent but most unfortunate brother, his sincere regret that, in accordance with precedent and for the sake of secrecy, he must condemn him to perpetual imprisonment, but added his satisfaction that, unless some mention were made by him of that day’s incident, his life would be spared.

# 19 How, Though the Sphere Shewed Me Other Mysteries of Spaceland, I Still Desired More; and What Came of It

When I saw my poor brother led away to imprisonment, I attempted to leap down into the Council Chamber, desiring to intercede on his behalf, or at least bid him farewell. But I found that I had no motion of my own. I absolutely depended on the volition of my Guide, who said in gloomy tones, "Heed not thy brother; haply thou shalt have ample time hereafter to condole with him. Follow me."

Once more we ascended into space. "Hitherto," said the Sphere, "I have shewn you naught save Plane Figures and their interiors. Now I must introduce you to Solids, and reveal to you the plan upon which they are constructed. Behold this multitude of moveable square cards. See, I put one on another, not, as you supposed, Northward of the other, but *on* the other. Now a second, now a third. See, I am building up a Solid by a multitude of Squares parallel to one another. Now the Solid is complete, being as high as it is long and broad, and we call it a Cube."

"Pardon me, my Lord," replied I; "but to my eye the appearance is as of an Irregular Figure whose inside is laid open to the view; in other words, methinks I see no Solid, but a Plane such as we infer in Flatland; only of an Irregularity which betokens some monstrous criminal, so that the very sight of it is painful to my eyes."

"True," said the Sphere; "it appears to you a Plane, because you are not accustomed to light and shade and perspective; just as in Flatland a Hexagon would appear a Straight Line to one who has not the Art of Sight Recognition. But in reality it is a Solid, as you shall learn by the sense of Feeling."

He then introduced me to the Cube, and I found that this marvellous Being was indeed no Plane, but a Solid; and that he was endowed with six plane sides and eight terminal points called solid angles; and I remembered the saying of the

Sphere that just such a Creature as this would be formed by a Square moving, in Space, parallel to himself: and I rejoiced to think that so insignificant a Creature as I could in some sense be called the Progenitor of so illustrious an offspring.

(1) (2)

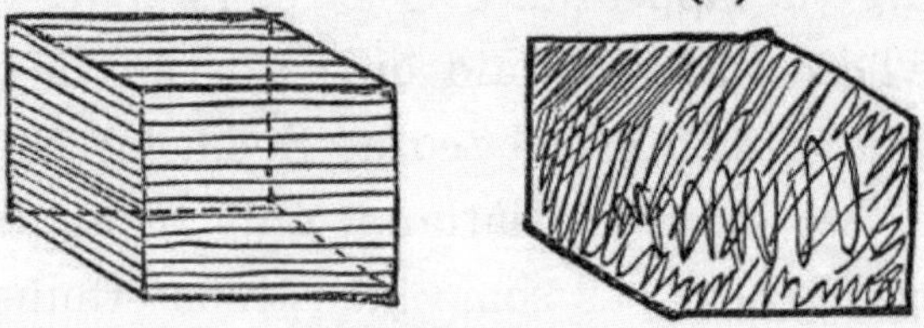

But still I could not fully understand the meaning of what my Teacher had told me concerning "light" and "shade" and "perspective"; and I did not hesitate to put my difficulties before him.

Were I to give the Sphere's explanation of these matters, succinct and clear though it was, it would be tedious to an inhabitant of Space, who knows these things already. Suffice it, that by his lucid statements, and by changing the position of objects and lights, and by allowing me to feel the several objects and even his own sacred Person, he at last made all things clear to me, so that I could now readily distinguish between a Circle and a Sphere, a Plane Figure and a Solid.

This was the Climax, the Paradise, of my strange eventful History. Henceforth I have to relate the story of my miserable Fall:—most miserable, yet surely most undeserved! For why should the thirst for knowledge be aroused, only to be disappointed and punished! My volition shrinks from the painful task of recalling my humiliation; yet, like a second Prometheus, I will endure this and worse, if by any means I may arouse in the interiors of Plane and Solid Humanity a spirit of rebellion against the Conceit which would limit our Dimensions to Two or Three or any number short of Infinity. Away then with all personal considerations! Let me continue to the end, as I began, without further digressions or anticipations, pursuing the plain path of dispassionate History. The exact facts, the exact words,—and they are burnt in upon my brain,—shall be set down without alteration of an iota; and let my Readers judge between me and Destiny.

The Sphere would willingly have continued his lessons by indoctrinating me in the conformation of all regular Solids, Cylinders, Cones, Pyramids, Pentahedrons, Hexahedrons, Dodecahedrons and Spheres: but I ventured to interrupt him. Not that I was wearied of knowledge. On the contrary, I thirsted for yet deeper and fuller draughts than he was offering to me.

"Pardon me," said I, "O Thou Whom I must no longer address as the Perfection of all Beauty; but let me beg thee to vouchsafe thy servant a sight of thine interior."

*Sphere.* My what?

*I.* Thine interior: thy stomach, thy intestines.

*Sphere.* Whence this ill-timed impertinent request? And what mean you by saying that I am no longer the Perfection of all Beauty?

*I.* My Lord, your own wisdom has taught me to aspire to One even more great, more beautiful, and more closely approximate to Perfection than yourself. As you yourself, superior to all Flatland forms, combine many Circles in One, so doubtless there is One above you who combines many Spheres in One Supreme Existence, surpassing even the Solids of Spaceland. And even as we, who are now in Space, look down on Flatland and see the insides of all things, so of a certainty there is yet above us some higher, purer region, whither thou dost surely purpose to lead me—O Thou Whom I shall always call, everywhere and in all Dimensions, my Priest, Philosopher, and Friend—some yet more spacious Space, some more dimensionable Dimensionality, from the vantage-ground of which we shall look down together upon the revealed insides of Solid things, and where thine own intestines, and those of thy kindred Spheres, will lie exposed to the view of the poor wandering exile from Flatland, to whom so much has already been vouchsafed.

*Sphere.* Pooh! Stuff! Enough of this trifling! The time is short, and much remains to be done before you are fit to proclaim the

Gospel of Three Dimensions to your blind benighted countrymen in Flatland.

*I.* Nay, gracious Teacher, deny me not what I know it is in thy power to perform. Grant me but one glimpse of thine interior, and I am satisfied for ever, remaining henceforth thy docile pupil, thy unemancipable slave, ready to receive all thy teachings and to feed upon the words that fall from thy lips.

*Sphere.* Well, then, to content and silence you, let me say at once, I would shew you what you wish if I could; but I cannot. Would you have me turn my stomach inside out to oblige you?

*I.* But my Lord has shewn me the intestines of all my countrymen in the Land of Two Dimensions by taking me with him into the Land of Three. What therefore more easy than now to take his servant on a second journey into the blessed region of the Fourth Dimension, where I shall look down with him once more upon this land of Three

Dimensions, and see the inside of every three-dimensioned house, the secrets of the solid earth, the treasures of the mines in Spaceland, and the intestines of every solid living creature, even of the noble and adorable Spheres.

*Sphere.* But where is this land of Four Dimensions?

*I.* I know not: but doubtless my Teacher knows.

*Sphere.* Not I. There is no such land. The very idea of it is utterly inconceivable.

*I.* Not inconceivable, my Lord, to me, and therefore still less inconceivable to my Master. Nay, I despair not that, even here, in this region of Three Dimensions, your Lordship's art may make the Fourth Dimension visible to me; just as in the Land of Two Dimensions my Teacher's skill would fain have opened the eyes of his blind servant to the invisible presence of a Third Dimension, though I saw it not.

Let me recall the past. Was I not

taught below that when I saw a Line and inferred a Plane, I in reality saw a Third unrecognized Dimension, not the same as brightness, called "height"? And does it not now follow that, in this region, when I see a Plane and infer a Solid, I really see a Fourth unrecognized Dimension, not the same as colour, but existent, though infinitesimal and incapable of measurement?

And besides this, there is the Argument from Analogy of Figures.

*Sphere.* Analogy! Nonsense: what analogy?

*I.* Your Lordship tempts his servant to see whether he remembers the revelations imparted to him. Trifle not with me, my Lord; I crave, I thirst, for more knowledge. Doubtless we cannot *see* that other higher Spaceland now, because we have no eye in our stomachs. But, just as there *was* the realm of Flatland, though that poor puny Lineland Monarch could neither turn to left nor right to discern it, and just as there *was* close at hand, and touching my frame, the land of Three Dimensions, though I, blind senseless wretch, had no power to touch it, no eye in my interior to discern it, so of a surety there is a Fourth Dimension, which my Lord perceives with the inner eye of thought. And that it must exist my Lord himself has taught me. Or can he have forgotten what he himself imparted to his servant?

In One Dimension, did not a moving Point produce a Line with *two* terminal points?

In Two Dimensions, did not a moving Line produce a Square with *four* terminal points?

In Three Dimensions, did not a moving Square produce—did not this eye of mine behold it—that blessed Being, a Cube, with *eight* terminal points?

And in Four Dimensions shall not a moving Cube—alas, for Analogy, and alas for the Progress of Truth, if it be not so—shall not, I say, the motion of a divine Cube result in a still more divine Organization with *sixteen* terminal points?

Behold the infallible confirmation of the Series, 2, 4, 8, 16: is not this a Geometrical Progression? Is not this—if I might quote my Lord's own words—"strictly according to Analogy"?

Again, was I not taught by my Lord that as in a Line there are *two* bounding Points, and in a Square there are *four* bounding Lines, so in a Cube there must be *six* bounding Squares? Behold once more the confirming Series, 2, 4, 6: is not this an Arithmetical Progression? And consequently does it not of necessity follow that the more divine offspring of the divine Cube in the Land of Four Dimensions, must have 8 bounding Cubes: and is not this also, as my Lord has taught me to believe, "strictly according to Analogy"?

O, my Lord, my Lord, behold, I cast myself in faith upon conjecture, not knowing the facts; and I appeal to your Lordship to confirm or deny my logical anticipations. If I am wrong, I yield, and will no longer demand a Fourth Dimension; but, if I am right, my Lord will listen to reason.

I ask therefore, is it, or is it not, the fact, that ere now your countrymen also have witnessed the descent of Beings of a higher order than their own, entering closed rooms, even as your Lordship entered mine, without the opening of doors or windows, and appearing and vanishing at will? On the reply to this question I am ready to stake everything. Deny it, and I am henceforth silent. Only vouchsafe an answer.

*Sphere.* (*after a pause*) It is reported so. But men are divided in opinion as to the facts. And even granting the facts, they explain them in different ways. And in any case, however great may be the number of different explanations, no one has adopted or suggested the theory of a

Fourth Dimension. Therefore, pray have done with this trifling, and let us return to business.

*I.* I was certain of it. I was certain that my anticipations would be fulfilled. And now have patience with me and answer me yet one more question, best of Teachers! Those who have thus appeared—no one knows whence—and have returned—no one knows whither—have they also contracted their sections and vanished somehow into that more Spacious Space, whither I now entreat you to conduct me?

*Sphere.* (*moodily*) They have vanished, certainly—if they ever appeared. But most people say that these visions arose from the thought—you will not understand me—from the brain; from the perturbed angularity of the Seer.

*I.* Say they so? Oh, believe them not. Or if it indeed be so, that this other Space is really Thoughtland, then take me to that blessed Region where I in

Thought shall see the insides of all solid things. There, before my ravished eye, a Cube, moving in some altogether new direction, but strictly according to Analogy, so as to make every particle of his interior pass through a new kind of Space, with a wake of its own—shall create a still more perfect perfection than himself, with sixteen terminal Extra-solid angles, and Eight solid Cubes for his Perimeter. And once there, shall we stay our upward course? In that blessed region of Four Dimensions, shall we linger on the threshold of the Fifth, and not enter therein? Ah, no! Let us rather resolve that our ambition shall soar with our corporal ascent. Then, yielding to our intellectual onset, the gates of the Sixth Dimension shall fly open; after that a Seventh, and then an Eighth—

How long I should have continued I know not. In vain did the Sphere, in his voice of thunder, reiterate his commands of silence, and threaten me with the direst penalties if I persisted. Nothing could stem the flood of my ecstatic aspirations. Perhaps I was to blame; but indeed I was intoxicated with the recent draughts of Truth to which he himself had introduced me. However, the end was not long in coming. My words were cut short by a crash outside, and a simultaneous crash inside me, which impelled me through space with a velocity that precluded speech. Down! down! down! I was rapidly descending; and I knew that return to Flatland was my doom. One glimpse, one last and never-to-be-forgotten glimpse I had of that dull level wilderness—which was now to become my Universe again—spread out before my eye. Then a darkness. Then a final, all-consummating thunder-peal; and, when I came to myself, I was once more a common creeping Square, in my Study at home, listening to the Peace-Cry of my approaching Wife.

# How the Sphere Encouraged Me in a Vision

20

Although I had less than a minute for reflection, I felt, by a kind of instinct, that I must conceal my experiences from my Wife. Not that I apprehended, at the moment, any danger from her divulging my secret, but I knew that to any Woman in Flatland the narrative of my adventures must needs be unintelligible. So I endeavoured to reassure her by some story, invented for the occasion, that I had accidentally fallen through the trap-door of the cellar, and had there lain stunned.

The Southward attraction in our country is so slight that even to a Woman my tale necessarily appeared extraordinary and well-nigh incredible; but my Wife, whose good sense far exceeds that of the average of her Sex, and who perceived that I was unusually excited, did not argue with me on the subject, but insisted that I was ill and required repose. I was glad of an excuse for retiring to my chamber to think quietly over what had happened. When I was at last by myself, a drowsy sensation fell on me; but before my eyes closed I endeavoured to reproduce the Third Dimension, and especially the process by which a Cube is constructed through the motion of a Square. It was not so clear as I could have wished; but I remembered that it must be "Upward, and yet not Northward", and I determined steadfastly to retain these words as the clue which, if firmly grasped, could not fail to guide me to the solution. So mechanically repeating, like a charm, the words, "Upward yet not Northward", I fell into a sound refreshing sleep.

During my slumber I had a dream. I thought I was once more by the side of the Sphere, whose lustrous hue betokened that he had exchanged his wrath against me for perfect placability. We were moving together towards a bright but infinitesimally small Point, to which my Master directed my attention. As we approached, methought there issued from it a slight humming noise as from one of your Spaceland blue-bottles, only less resonant by far, so slight indeed that even in the perfect stillness of the Vacuum through which we soared, the sound reached not our ears till we checked our flight at a distance from it of something under twenty human diagonals.

"Look yonder," said my Guide, "in Flatland thou hast lived; of Lineland thou hast received a vision; thou hast soared with me to the heights of Spaceland; now, in order to complete the range of thy experience, I conduct thee downward to the lowest depth of existence, even to the realm of Pointland, the Abyss of No Dimensions.

"Behold yon miserable creature. That Point is a Being like ourselves, but confined to the non-dimensional Gulf. He is himself his own World, his own Universe; of any other than himself he can form no conception; he knows not Length, nor Breadth, nor Height, for he has had no experience of them; he has no cognizance even of the number Two; nor has he a thought of Plurality; for he is himself his One and All, being really Nothing. Yet mark his perfect self-contentment, and hence learn this lesson, that to be self-contented is to be vile and ignorant, and that to aspire is better than to be blindly and impotently happy. Now listen."

He ceased; and there arose from the little buzzing creature a tiny, low, monotonous, but distinct tinkling, as from one of your Spaceland phonographs, from which I caught these words, "Infinite beatitude of existence! It is; and there is none else beside It."

"What," said I, "does the puny creature mean by 'it'?" "He means himself," said the Sphere: "have you not noticed before now, that babies and babyish people who cannot distinguish themselves from the world, speak of themselves in the Third Person? But hush!"

"It fills all Space," continued the little soliloquizing Creature, "and what It fills, It is. What It thinks, that It utters; and what It utters, that It hears; and It itself is Thinker, Utterer, Hearer, Thought, Word, Audition; it is the One, and yet the All in All. Ah, the happiness, ah, the happiness of Being!"

"Can you not startle the little thing out of its complacency?" said I. "Tell it what it really is, as you told me; reveal to it the narrow limitations of Pointland, and lead it up to something higher."

"That is no easy task," said my Master; "try you."

Hereon, raising my voice to the uttermost, I addressed the Point as follows:

"Silence, silence, contemptible Creature. You call yourself the All in All, but you are the Nothing: your so-called Universe is a mere speck in a Line, and a Line is a mere shadow as compared with—" "Hush, hush, you have said enough," interrupted the Sphere, "now listen, and mark the effect of your harangue on the King of Pointland."

The lustre of the Monarch, who beamed more brightly than ever upon hearing my words, shewed clearly that he retained his complacency; and I had hardly ceased when he took up his strain again. "Ah, the joy, ah, the joy of Thought! What can It not achieve by thinking! Its own Thought coming to Itself, suggestive of Its disparagement, thereby to enhance Its happiness! Sweet rebellion stirred up to result in triumph! Ah, the divine creative power of the All in One! Ah, the joy, the joy of Being!"

"You see," said my Teacher, "how little your words have done. So far as the Monarch understands them at all, he accepts them as his own—for he cannot conceive of any other except himself— and plumes himself upon the variety of 'Its Thought' as an instance of creative Power. Let us leave this God of Pointland to the ignorant fruition of his omnipresence and omniscience: nothing that you or I can do can rescue him from his self-satisfaction."

After this, as we floated gently back to Flatland, I could hear the mild voice of my Companion pointing the moral of my vision, and stimulating me to aspire, and to teach others to aspire. He had been angered at first—he confessed—by my ambition to soar to Dimensions above the Third; but, since then, he had received fresh insight, and he was not too proud to acknowledge his error to a Pupil. Then he proceeded to initiate me into mysteries yet higher than those I had witnessed, shewing me how to construct Extra-Solids by the motion of Solids, and Double Extra-Solids by the motion of Extra-Solids, and all "strictly according to Analogy", all by methods so simple, so easy, as to be patent even to the Female Sex.

# How I Tried to Teach the Theory of Three Dimensions to My Grandson, and with What Success

21

I awoke rejoicing, and began to reflect on the glorious career before me. I would go forth, methought, at once, and evangelize the whole of Flatland. Even to Women and Soldiers should the Gospel of Three Dimensions be proclaimed. I would begin with my Wife.

Just as I had decided on the plan of my operations, I heard the sound of many voices in the street commanding silence. Then followed a louder voice. It was a herald's proclamation. Listening attentively, I recognized the words of the Resolution of the Council, enjoining the arrest, imprisonment, or execution of any one who should pervert the minds of the people by delusions, and by professing to have received revelations from another World.

I reflected. This danger was not to be trifled with. It would be better to avoid it by omitting all mention of my Revelation, and by proceeding on the path of Demonstration—which after all, seemed so simple and so conclusive that nothing would be lost by discarding the former means. "Upward, not Northward"—was the clue to the whole proof. It had seemed to me fairly clear before I fell asleep; and when I first awoke, fresh from my dream, it had appeared as patent as Arithmetic; but somehow it did not seem to me quite so obvious now. Though my Wife entered the room opportunely just at that moment, I decided, after we had interchanged a few words of commonplace conversation, not to begin with her.

My Pentagonal Sons were men of character and standing, and physicians of no mean reputation, but not great in mathematics, and, in that respect, unfit for my purpose. But it occurred to me that a young and docile Hexagon, with a mathematical turn, would be a most suitable pupil. Why therefore not make my first experiment with my little precocious Grandson, whose casual remarks on the meaning of $3^3$ had met with the approval of the Sphere? Discussing the matter with him, a mere boy, I should be in perfect safety; for he would know nothing of the Proclamation of the Council; whereas I could not feel sure that my Sons—so greatly did their patriotism and reverence for the Circles predominate over mere blind affection—might not feel compelled to hand me over to the Prefect, if they found me seriously maintaining the seditious heresy of the Third Dimension.

But the first thing to be done was to satisfy in some way the curiosity of my Wife, who naturally wished to know something of the reasons for which the Circle had desired that mysterious interview, and of the means by which he had entered the house. Without entering into the details of the elaborate account I gave her,—an account, I fear, not quite so consistent with truth as my Readers in Spaceland might desire,—I must be content with saying that I succeeded at last in persuading her to return quietly to her household duties without eliciting from me any reference to the World of

Three Dimensions. This done, I immediately sent for my Grandson; for, to confess the truth, I felt that all that I had seen and heard was in some strange way slipping away from me, like the image of a half-grasped, tantalizing dream, and I longed to essay my skill in making a first disciple.

When my Grandson entered the room I carefully secured the door. Then, sitting down by his side and taking our mathematical tablets—or, as you would call them, Lines—I told him we would resume the lesson of yesterday. I taught him once more how a Point by motion in One Dimension produces a Line, and how a straight Line in Two Dimensions produces a Square. After this, forcing a laugh, I said, "And now, you scamp, you wanted to make me believe that a Square may in the same way by motion 'Upward, not Northward' produce another figure, a sort of extra Square in Three Dimensions. Say that again, you young rascal."

At this moment we heard once more the herald's "O yes! O yes!" outside in the street proclaiming the Resolution of the Council. Young though he was, my Grandson—who was unusually intelligent for his age, and bred up in perfect reverence for the authority of the Circles—took in the situation with an acuteness for which I was quite unprepared. He remained silent till the last words of the Proclamation had died away, and then, bursting into tears, "Dear Grandpapa," he said, "that was only my fun, and of course I meant nothing at all by it; and we did not know anything then about the new Law; and I don't think I said anything about the Third Dimension; and I am sure I did not say one word about 'Upward, not Northward', for that would be such nonsense, you know. How could a thing move Upward, and not Northward? Upward, and not Northward! Even if I were a baby, I could not be so absurd as that. How silly it is! Ha! ha! ha!"

"Not at all silly," said I, losing my temper; "here for example, I take this Square,"—and, at the word, I grasped a moveable Square, which was lying at hand—"and I move it, you see, not Northward but—yes, I move it Upward—that is to say, not Northward, but I move it somewhere—not exactly like this, but somehow—" Here I brought my sentence to an inane conclusion, shaking the

Square about in a purposeless manner, much to the amusement of my Grandson, who burst out laughing louder than ever, and declared that I was not teaching him, but joking with him. So saying he unlocked the door and ran out of the room. Thus ended my first attempt to convert a pupil to the Gospel of Three Dimensions.

# How I Then Tried to Diffuse the Theory of Three Dimensions by Other Means, and of the Result

22

My failure with my Grandson did not encourage me to communicate my secret to others of my household; yet neither was I led by it to despair of success. Only I saw that I must not wholly rely on the catch-phrase "Upward, not Northward", but must rather endeavour to seek a demonstration by setting before the public a clear view of the whole subject; and for this purpose it seemed necessary to resort to writing.

So I devoted several months in privacy to the composition of a treatise on the mysteries of Three Dimensions. Only, with the view of evading the Law, if possible, I spoke not of a physical Dimension, but of a Thoughtland whence, in theory, a Figure could look down upon Flatland

and see simultaneously the insides of all things, and where it was possible that there might be supposed to exist a Figure environed, as it were, with six Squares, and containing eight terminal Points. But in writing this book I found myself sadly hampered by the impossibility of drawing such diagrams as were necessary for my purpose; for of course, in our country of Flatland, there are no tablets but Lines, and no diagrams but Lines, all in one straight Line and only distinguishable by difference of size and brightness; so that, when I had finished my treatise (which I entitled "Through Flatland to Thoughtland") I could not feel certain that many would understand my meaning.

Meanwhile my life was under a cloud. All pleasures palled upon me; all sights tantalized and tempted me to outspoken treason, because I could not but compare what I saw in Two Dimensions with what it really was if seen in Three, and could hardly refrain from making my comparisons aloud. I neglected my clients and my own business to give myself to the contemplation of the mysteries which I had once beheld, yet which I could impart to no one, and found daily more difficult to reproduce even before my own mental vision.

One day, about eleven months after my return from Spaceland, I tried to see a Cube with my eye closed, but failed; and though I succeeded afterwards, I was not then quite certain (nor have I been ever afterwards) that I had exactly realized the original. This made me more melancholy than before, and determined me to take some step; yet what, I knew not. I felt that I would have been willing to sacrifice my life for the Cause, if thereby I could have produced conviction. But if I could not convince my Grandson, how could I convince the highest and most developed Circles in the land?

And yet at times my spirit was too strong for me, and I gave vent to dangerous utterances. Already I was considered heterodox if not treasonable, and I was keenly alive to the dangers of my position; nevertheless I could not at times refrain from bursting out into suspicious or half-seditious utterances, even among the highest Polygonal and Circular society. When, for example, the question arose about the treatment of those lunatics who said that they had received the power of seeing the insides of things, I would quote the saying of an ancient Circle, who declared that prophets and inspired people are always considered by the majority to be mad; and I could not help occasionally dropping such expressions as "the eye that discerns the interiors of things", and "the all-seeing land"; once or twice I even let fall the forbidden terms "the Third and Fourth Dimensions". At last, to complete a series of minor indiscretions, at a meeting of our Local Speculative Society held at the palace of the Prefect himself,—some extremely silly person having read an elaborate paper exhibiting the precise reasons why Providence has limited the number of Dimensions to Two, and why the attribute of omnividence is assigned to the Supreme alone—I so far forgot myself as to give an exact account of the whole of my voyage with the Sphere into Space, and to the Assembly Hall in our Metropolis, and then to Space again, and of my return home, and of everything that I had seen and heard in fact or vision. At first, indeed, I pretended that I was describing the imaginary experiences of a fictitious person; but my enthusiasm soon forced me to throw off all disguise, and finally, in a fervent peroration, I exhorted all my hearers to divest themselves of prejudice and to become believers in the Third Dimension.

Need I say that I was at once arrested and taken before the Council?

Next morning, standing in the very place where but a very few months ago the Sphere had stood in my company, I was allowed to begin and to continue my narration unquestioned and uninterrupted. But from the first I foresaw my fate; for the President, noting that a guard of the better sort of Policemen was in attendance, of angularity little, if at all, under 55°, ordered them to be relieved before I began my defence, by an inferior class of 2° or 3°. I knew only too well what that meant. I was to be executed or imprisoned, and my story was to be kept secret from the world by the simultaneous destruction of the officials who had heard it; and, this being the case, the President desired to substitute the cheaper for the more expensive victims.

After I had concluded my defence, the President, perhaps perceiving that some of the junior Circles had been moved by my evident earnestness, asked me two questions:—

1. Whether I could indicate the direction which I meant when I used the words "Upward, not Northward"?
2. Whether I could by any diagrams or descriptions (other than the enumeration of imaginary sides and angles) indicate the Figure I was pleased to call a Cube?

I declared that I could say nothing more, and that I must commit myself to the Truth, whose cause would surely prevail in the end.

The President replied that he quite concurred in my sentiment, and that I could not do better. I must be sentenced to perpetual imprisonment; but if the Truth intended that I should emerge from prison and evangelize the world, the Truth might be trusted to bring that result to pass. Meanwhile I should be subjected to no discomfort that was not necessary to preclude escape, and, unless I forfeited the privilege by misconduct, I should be occasionally permitted to see my brother who had preceded me to my prison.

Seven years have elapsed and I am still a prisoner, and—if I except the occasional visits of my brother—debarred from all companionship save that of my jailers. My brother is one of the best of Squares, just, sensible, cheerful, and not without fraternal affection; yet I confess that my weekly interviews, at least in one respect, cause me the bitterest pain. He was present when the Sphere manifested himself in the Council Chamber; he saw the Sphere's changing sections; he heard the explanation of the phenomena then given to the Circles. Since that time, scarcely a week has passed during seven whole years, without his hearing from me a repetition of the part I played in that manifestation, together with ample descriptions of all the phenomena in Spaceland, and the arguments for the existence of Solid things derivable from Analogy. Yet—I take shame to be forced to confess it—my brother has not yet grasped the nature of the Third Dimension, and frankly avows his disbelief in the existence of a Sphere.

Hence I am absolutely destitute of converts, and, for aught that I can see, the millennial Revelation has been made to me for nothing.

Prometheus up in Spaceland was bound for bringing down fire for mortals, but I—poor Flatland Prometheus—lie here in prison for bringing down nothing to my countrymen. Yet I exist in the hope that these memoirs, in some manner, I know not how, may find their way to the minds of humanity in Some Dimension, and may stir up a race of rebels who shall refuse to be confined to limited Dimensionality.

That is the hope of my brighter moments. Alas, it is not always so. Heavily weighs on me at times the burdensome reflection that I cannot honestly say I am confident as to the exact shape of the once-seen, oft-regretted Cube; and in my nightly visions the mysterious precept, "Upward, not Northward", haunts me like a soul-devouring Sphinx. It is part of the martyrdom which I endure for the cause of the Truth that there are seasons of mental weakness, when Cubes and Spheres flit away into the background of scarce-possible existence; when the Land of Three Dimensions seems almost as visionary as the Land of One or None; nay, when even this hard wall that bars me from my freedom, these very tablets on which

I am writing, and all the substantial realities of Flatland itself, appear no better than the offspring of a diseased imagination, or the baseless fabric of a dream.

# 平面国：一部多维的罗曼史

PINGMIANGUO:
YIBU DUOWEI DE
LUOMANSHI

（双语版）

图书在版编目（CIP）数据

平面国：一部多维的罗曼史：双语版 /（英）埃德温·艾勃特（Edwin A. Abbott）著；涂泓译；冯承天译校．-- 北京：高等教育出版社，2022.4
书名原文：Flatland
ISBN 978-7-04-056994-0
Ⅰ．①平… Ⅱ．①埃… ②涂… ③冯… Ⅲ．①幻想小说－英国－现代－汉、英 Ⅳ．① I561.45
中国版本图书馆 CIP 数据核字（2021）第 186157 号



物 料 号　56994-00

出版发行　高等教育出版社
社　　址　北京市西城区德外大街 4 号
邮政编码　100120
印　　刷　北京盛通印刷股份有限公司
开　　本　850mm×1168mm 1/32
印　　张　11.25
字　　数　180 千字
购书热线　010-58581118
咨询电话　400-810-0598
网　　址　http://www.hep.edu.cn
　　　　　http://www.hep.com.cn
网上订购　http://www.hepmall.com.cn
　　　　　http://www.hepmall.com
　　　　　http://www.hepmall.cn
版　　次　2022 年 4 月第 1 版
印　　次　2022 年 4 月第 1 次印刷
定　　价　39.00 元

策划编辑　李华英
责任编辑　李华英
书籍设计　张申申
插图绘制　黄云燕
责任校对　刁丽丽
责任印制　赵义民